小学館文庫

春風同心十手日記〈三〉

悪党の娘

佐々木裕一

小学館

目次

主な登場人物

夏木《なつき》慎吾《しんご》……江戸北町奉行所定町廻り同心。天真一刀流免許皆伝。父親は榊原主計頭だが、正室の子ではないため、母の実家夏木家で育ち、祖父の跡を継いで同心になった。明るい性格。正義感にあふれ、町中で起きる事件に立ち向かう。

榊原《さかきばら》主計頭《かずえのかみ》忠之《ただゆき》……江戸北町奉行。慎吾の存在が妻にばれることを恐れ、真実を知る娘の望みを聞く。

久代《ひさよ》……忠之の妻。今のところ穏やか。

静香《しずか》……忠之の長女。明るい性格で、慎吾のことを兄として慕っている。

作彦《さくひこ》……夏木家の中間。忠臣で、慎吾のためならなんでもする。

五六蔵《ごろぞう》……深川永代寺門前仲町の岡っ引き。慎吾の祖父に恩がある。
若い頃のことは今のところ謎で、やくざの親分だったと慎吾は勝手に思っている。

千鶴《ちづる》……五六蔵の恋女房で、旅籠「浜屋」を切り回している元辰巳芸者。
五六蔵に金の心配をさせず、下っ引きも養っている。

松次郎《まつじろう》……下っ引き。伝吉の兄貴分。

伝吉《でんきち》……浜屋住み込みの下っ引き。足が速い。

又介《またすけ》……下っ引き。浜屋で楊枝を作る。女房のおけいと大店を持つのが夢。

田所《たどころ》 兵吾之介《ひょうごのすけ》……江戸北町奉行所筆頭同心。
慎吾と忠之が親子であることを知る数少ない人物。

国元華山《くにもとかざん》……霊岸島川口町に診療所を構える二代目町医者。
勤勉で、人体の秘密を知るため腑分けをする。

春風同心十手日記〈三〉　悪党の娘

第一章　頭目の影

一

「お前さん。支度ができましたよ」

「おう、こっちもいいあんばいだ」

嘉八《かはち》は、炭が熾《お》きた七厘で手をあぶりながら微笑《ほほえ》み、おふさから鍋を受け取った。

「熱いから、気をつけなよ」

女房の声を背に受けながら、嘉八は木箱の中に七厘と鍋を納めた。

箸や汁椀《しるわん》と、切餅や水を入れた縦長の箱一荷を、よい、と担ぎ上げた。

「んじゃぁ、行ってくるよ」

「あいよ。気をつけて行っといで」

嘉八は腰の据わった足取りで、夏木《なつき》家から出かけた。

五十代に足を入れたばかりの嘉八は、五つ年下の恋女房がこしらえた汁粉を売り歩く。

夏木家には、慎吾《しんご》の亡き祖父、周吾《しゅうご》の代から下男として仕えているが、三十俵二人扶持《ぶち》の貧しい主家の暮らしを助けるために、行商に出ている。

春はしじみ、夏は冷水売り。秋は団子、冬は汁粉と、季節によって品物を替えて商売をするのだ。

おふさがこしらえる餡《あん》の味が評判で、秋の団子と、冬の汁粉はよく売れる。

団子一つの稼ぎは四文、汁粉は一杯八文と僅かだが、そっくり売り切ると、けっこうな額になる。

夏木家に住み込みの嘉八とおふさは、慎吾には内緒にしているが、月々いただく手当てにはびた一文手をつけず、瓶《かめ》の中に貯《た》め込んでいる。息子のように思っている慎吾が嫁を迎える時に使ってもらうつもりなのだ。そして、嫁が来たら暇をもらおうと決めている。細々と商売をしながらのんびり暮らすのが、嘉八とおふさの夢なのだ。

「汁粉やぁい、汁粉っ」

のんびりとした口調で唄《うた》いながら、楓川《もみじ》にかかる新場橋《しんば》を御城のほうへ渡り、本《ほん》材木町《ざいもくちょう》の通りを江戸橋に向けて流していると、

「おい、汁粉屋」

後ろから声をかけられた。

「へぇい」

聞き覚えのある声に振り向くと、黄八丈の着流しに、墨染め羽織を着けた慎吾が、にやにやして立っていた。横には同じ同心の身なりをした初老の男がいて、夏木家の中間《ちゅうげん》の作彦《さくひこ》が後ろに控えていた。

「だ、旦那様。これは、田所《たどころ》様も」

嘉八は慌てて荷を下ろし、慎吾の上役に深々と頭を下げた。

慎吾が言う。

「今家に帰ろうとしていたところだ。丁度よかった。三杯入れてくれ」

「へい」

嘉八は急いで支度にかかる。

箱の蓋を上げると、湯気と共に汁粉の匂いが立ちのぼる。

汁椀に熱いのを入れて、少し焦げ目の付いた切餅を二つ浮かべるのが嘉八の汁粉だ。

「お待ちどおさまでございます」

まずは、田所に渡した。

「おお、すまんな。うむ、こいつは旨《うま》そうだ」

田所は嬉《うれ》しそうに箸を取り、よく伸びる餅を口で引いて千切ると、目をつむって堪能する面持《おもも》ちを上に向ける。

「これこれ、この味だ。嘉八の汁粉はたまらん。餅の軟らかさといい、程よい甘さといい、きりきりした気分を落ち着かせてくれる」

見ていた慎吾がにやけて、嘉八に言う。

「今日から汁粉だと田所様に教えたらな、昨夜から食いたい食いたいって、そりゃもう、うるさいのなんの」

「へへ、待っていただいて嬉しい限り。田所様、ありがとうございやす」

嘉八が田所に頭を下げ、慎吾と作彦に汁椀を渡した。

「旦那様、今日もお帰りになられないので？」

「うむ。この調子じゃ、奉行所で年を越すことになりそうだ」

「はあ、さようで」

「なんだ、そんな顔して」

「いえね、女房の奴《やつ》が、元気がないものですから」

田所が笑った。

「おふさは、慎吾を息子のように思っておるからなぁ。手がかかる者が十日も家を空けておるから、気が抜けておるのだろう」

「へえ、おっしゃるとおりでございますよ」

さもあろう、と田所がうなずき、汁粉を飲み干した。

「旨《うま》かったぞ。釣りは取っておけ」

一朱金一粒を渡されて、嘉八が目を丸くした。

「や、田所様。これは受け取れませせぬ」

「いいから取っておけ。慎吾が苦労をかけるな」

「嘉八、めったにないことだ。遠慮なくいただいておきな」

田所が口を尖《とが》らせる。

「おい慎吾、めったには余計だろう」

「あはは、つい口が滑りました」

笑った慎吾に、こいつめ、と田所は不服そうにしながらも、嘉八に二杯目を入れてくれと言う。

「まだ食べるのですか」

慎吾に耳をかさぬ田所は、嬉しそうな笑みを浮かべて汁粉を受け取り、餅にかじり付いた。

「あ、そうだ。嘉八、こいつはおれからだ。おふさと二人で旨い物でも食べな」

懐から出した紙の包みを渡すと、開けて見た嘉八が目を見張った。

「こ、小判だ」

田所が箸を止め、慎吾の頭のてっぺんからつま先まで見て言う。

「お前、とうとう付届けを受けたのか」

慎吾が田所に笑った。

「ご冗談を。西原屋《にしはらや》の清太郎《せいたろう》殺しを落着した褒美を、御奉行にいただいたんですよ」

田所は口を開けて納得した顔を、何度も縦に振る。

「ああ、あの一件か。ようやく出たのか」

「ようやくですよ。忘れた頃にいただきました」

田所は、そういうもんだと笑った。そして嘉八に言う。

「慎吾が苦労をかけるな」

暗に付届けを受け取らないからだ、と言う田所に、嘉八は、返答に困ったような笑みを見せた。

町奉行所の与力と同心には、商人や武家から付届けが贈られることが多い。むろん、ただでやろうというのではない。金で首が継げる、と言われるように、家に都合が悪いことや、法に触れることをしてしまった時に、便宜をはかってもらう。もしものために、日頃から手なずけておこうというわけだ。

清太郎殺しの事件に絡んでいた坂町近忠《さかまちちかただ》が、西原屋から二千両の付届けを受けていたように、与力の中には、多額の金を受け取る者がいる。

俸禄《ほうろく》が少ない同心たちも、この付届けがあるから楽に暮らせるのであって、受け取ることに対しても、なんらお咎《とが》めはない。

だが、慎吾は、十手《じって》を預かる者は真っ白でなければならぬ、とこころに決め、付届けを一切受けぬ。

これは、亡き祖父周吾の教えでもあり、夏木家の家訓ともいえよう。

そして、慎吾だけでなく、周吾から同心の心得をたたき込まれた田所兵吾之介《ひょうごのすけ》も、付届けを受け取らない。

その田所が、汁椀を返しながら慎吾に問う。

「褒美は、いくら出たのだ」

「三両ほど」

「何、三両も出たか」

「はい」

北町奉行、榊原主計頭忠之《さかきばらかずえのかみただゆき》の親心も足されていると思う田所は、上役面をして一朱金も出すんじゃなかったと後悔し、嘉八に手を差し出す。

「お代は慎吾にもらえ」

着物の襟を引き寄せて背中を向ける嘉八に、田所は愉快そうに笑った。

二

汁粉で小腹を満たした慎吾と田所は、奉行所に戻った。

門で作彦と別れて詰め所に入ると、他の同心たちも帰ってきていた。長らく家に帰っていないせいか口数が少なく、皆疲れた顔で、無駄口をたたく者はいない。

慎吾は今、田所の下に付き、江戸の町を騒がしている盗賊一味の探索をしている。探索に加わって一月が過ぎるが、未《いま》だもって、頭が笹山《ささやま》の閻僧《えんぞう》であること以外、なんの手がかりもない。

火付盗賊改《ひつけとうぞくあらため》方《かた》からの情報では、笹山の閻僧なる盗賊は、大店《おおだな》ばかりを狙い、家の者が気付かぬうちに蔵を破り、店が潰れぬ程度の金を盗むのだという。

腕の立つ盗《ぬす》っ人《と》はたいがい、己の腕を誇示するために何らかの印を残す。笹山の閻僧は、笹《ささ》の葉の墨絵を一枚柱に打ち付けて、印として残していくのだ。

文机《ふづくえ》の前に座って黙りこくっている田所に茶を淹《い》れた慎吾は、自分の湯飲みを床に置いて、文机に置かれた笹の墨絵を睨《にら》んだ。

白い紙に描かれた笹の墨絵は見事だが、どす黒い染みが気にいらぬ。

先日、麻布新網町《あざぶしんあみちょう》の漆問屋の座敷に残された物だが、家人は女子供にいたるまで皆殺しにされ、金はそっくり盗まれていた。

火付盗賊改方がもたらした知らせとは違う、いわゆる急ぎ働きという、非情なやり口だ。

「どこに潜んでいやがる」

慎吾が悔しさをにじませると、田所が大きなため息をつき、みんな聞いてくれと言って、同心たちの耳を集めた。

「此度《こたび》で五軒目だ。賊どもは、浅草、神田、芝口《しばぐち》、牛込《うしごめ》、そして麻布に飛び、盗みをしている。次はいよいよ、日本橋《にほんばし》あたりの大商人を狙うか、あるいは、大川を渡るやもしれぬ。手口から見て、店には必ず、引き込み役が潜んでいるはずだ。わしと夏木は、今日より本所《ほんじょ》と深川《ふかがわ》の大店を廻《まわ》り、怪しい奉公人がおらぬか探りを入れる。他の者は、日本橋と京橋《きょうばし》一帯の大店に探りを入れてくれ」

日本橋から京橋と一口で言っても、諸国に名が知れた大店がひしめいている。奉公する者が百人を超える店もあり、引き込み役が潜り込んでいたとしたら、見つけ出すのは至難の業だ。それでも、見廻り同心の名にかけてやらねばならぬと、田所は拳を作った。

「こ奴らを捕まえぬと、年を越せぬぞ」

珍しく厳しい声に、皆表情を引き締めた。

今は火付盗賊改方も動き出している。もうすぐ、南町奉行所も動き出すとの知らせを受けているため、初めに探索を受け持った北町奉行所としては、他に手柄を挙げさせるわけにはいかぬ。

「各々方《おのおのがた》、さよう心得て探索に当たれ」

「はは」

いそいそと出かける同心たちを見送った田所が、慎吾に言う。

「我らも行こうか」

「はい」

慎吾は立ち上がった。

田所が茶を飲み干し、よし、と気合を入れて刀を持って立ち上がろうとした時、

「う、ああ……」

妙な声をあげて顔を歪《ゆが》め、文机に両手をついて下を向いた。

そのまま動こうとしない田所の異変に気付いた慎吾が、刀を置いて駆け寄る。

「田所さん、どうされました」

「こ、腰、腰……」

呻《うめ》く田所は、月代《さかやき》を剃《そ》った頭に脂汗を浮かしている。どうやら、立とうとした拍子に腰を痛めてしまったようだ。

かなりの痛みに襲われているらしく、動こうとしてまた呻いた。

「だめだ。痛くて動けぬ」

唸《うな》るように言う田所の背後に回った慎吾は、両脇を抱えた。

「ゆっくり、横になってください」

仰向《あおむ》けにさせようとすると、悲鳴をあげて拒んだ。額から汗が流れるのを見た慎吾は、動かすのは無理だと思い、

「このまま辛抱してください。今人を呼んできますから」

そう言って詰め所から駆け出た。

門内で待っている作彦を見つけて声をかけた。

「作彦、竹吉《たけきち》はまだ戻らないか」

竹吉とは、田所の中間だ。

顔を向けた作彦が言う。

「先ほど戻って、用を足しています」

「田所様が腰を痛められた。運ぶから四人ばかり集めて来い」

そりゃお気の毒に、と言った作彦が、人を集めに走った。

慎吾が詰め所の前で待っていると、程なく作彦が人手と戸板を持って来た。その中には竹吉の顔もある。

慎吾が先に中に入っていると、駆け込んだ竹吉が、文机にしがみついているあるじの姿を見て顔を青くした。

「旦那様、腰をおやりになられましたか」

田所が顔を上げ、眉尻を下げて困った笑みを浮かべた。

「気をつけていたのだが、またやってしまった」

田所は、若い時に一度腰を痛めて、寝込んだことがあるという。

竹吉が駆け寄り、身体《からだ》を支えた。

「お疲れが出たのです。戸板に横にしますよ」

竹吉が小者を手招きして戸板を近くに置かせ、田所をそこへ右向きに寝させた。右を向いて膝を抱えるようにしたほうが、痛みが少ないらしい。

腰を痛めたことがない慎吾は、竹吉に言われて初めて知った。

慎吾は竹吉を先に屋敷へ走らせ、手が空いている者四人で田所を運んだ。

田所の屋敷は、慎吾と同じ七軒町《しちけんちょう》にある。慎吾の屋敷のほうが城より離れているが、同じ町内、ご近所さまだ。

屋敷の木戸門を入ると、

「まあ、大変」

出迎えた奥方の澄江《すみえ》が、呑気《のんき》な声ながら、腰に手を当てて気遣った。

「す、すまぬ。また、やってしもうた」

田所が情けなげに言うと、澄江は優しく微笑む。

「二十日ばかり横になっていれば治りましょう。慎吾殿、忙しい時に迷惑をかけます」

「いえ、とんでもない」

頭を下げられた慎吾が恐縮すると、澄江は申しわけなさそうに手を合わせた。

一人身の同心たちが、嫁にもらうなら田所様の奥方様のようなお方を、と憧れを抱くのも、澄江の顔を見て安心しきっている田所の様子を見ると、わかるような気がする。

戸板に載せたまま裏庭に向かい、履物を脱いで縁側から廊下に上がると、皆で力を合わせて、田所の姿勢をなるべく崩さぬようにして敷かれていた布団に移した。

田所は、やっと落ち着いたようだ。

ああ、と長い息を吐き、情けないと言い、皆に詫《わ》びた。

皆が戸板を持って庭に下りるのを横目に、慎吾が田所に言う。

「痛めてしまったものはしょうがないのですから、何も考えずに、ゆっくり養生してください」

「慎吾、すまん」

「もうあやまらないでください。明日は我が身ですから、お互い様ですよ」

そこへ、嫡男の万《まん》ノ丞《じょう》が来た。

慎吾が微笑んで頭をなでてやると、幼い万ノ丞は久々に帰ってきた父の枕元にちんまりと座って、遊んでほしそうなとも、心配そうなともいえる顔をして言う。

「父上、怪我《けが》をされたのですか」

まだ七つの息子に気遣われた田所は、目に涙を浮かべた。年を取ってやっと授かった一粒種が、可愛《かわい》くて仕方ないのだ。

田所の下で探索のあれこれを習うつもりでいた慎吾であったが、こうなってはどうにもならぬ。

澄江は、運んで来てくれた皆に気を使い、羊羹《ようかん》と茶を出した。

恐縮しながらもいただく皆を見た慎吾は、田所に言う。

「国元《くにもと》華山《かざん》を呼びに走らせましたので、じきに来ましょう」

「華山か。何やら恐ろしいのう」

慎吾は笑った。

「華山は国元流柔術の免許皆伝で、骨接ぎや整体には長《た》けていますからご安心を」

「おお、そうであったな。うん。では、これしきのこと早く治して戻る。それまで頼むぞ、慎吾」

「はは。何かありましたら、ご報告にまいります」

「頼む」

慎吾は澄江に頭を下げ、万ノ丞に言う。

「父上が無理をされないよう、よろしく頼むぞ」

「はい」

「いい子だ」

頭をなでた慎吾は、田所の屋敷から辞した。

そのまま探索に行くつもりで歩いていると、作彦が後ろから声をかけた。

「旦那様、ついでに御屋敷にお寄りになってはいかがですか。着替えもされたほうがいいですよ」

「臭うか」

慎吾は着物の襟を鼻に当てた。

「まだ大丈夫そうだが、ついでにおふさの顔でも見ていくか」

作彦の言うとおりにして、通りを東に向かって組屋敷に帰った。

先に走った作彦が開けてくれた木戸門を潜《くぐ》ると、隣の女中と立ち話をしていたおふさが気付き、ぱっと明るい顔をした。

「あれ、旦那様がお帰りになられた」

それじゃぁまたね、と話を切り上げて帰る女中のお八重《やえ》が、すれ違いざまに頭を下げて言う。

「慎吾様、うちの旦那様も、お戻りで？」

「いや、広茂《ひろしげ》殿は今夜も探索だ。おれは、ちと近くまで来たので、着替えに立ち寄ったのだ」

「さようでございましたか。では……」

目尻に皺《しわ》を寄せてにっこりと笑い、同心仲間の中村《なかむら》家に帰った。

おふさが言う。

「旦那様、すぐお昼の支度をしましょうね」

「いや、嘉八の汁粉を食べたので飯はいい」

おふさが驚いた顔をした。

「うちの人とお会いになられましたか」

「うむ。田所様が、汁粉が旨いと喜んでいたぞ」

「まあ、嬉しいわぁ」

「お代を弾んでおられたから、見舞いかたがた、礼に行くといい」

おふさが不思議そうに言う。

「どうかされたのですか」

「腰を痛めて臥《ふ》せっておられる。見舞いは、甘い物がよかろう」

「お腰を？」

「おそらくぎっくりだ」

「あれぇ、お気の毒に」

痛そうな顔をしたおふさが、考えて言う。

「そしたら、寝転んだまま食べられる団子でもこしらえるかね」

慎吾は笑った。

「それがいいな。その前に着替えを頼む」

おふさは眉間に皺を寄せた。

「やっとお戻りになったと思ったのに、またお出かけですか」

「厄介な探索をしているからな。これから大川を渡って、店廻りだ」

「はい、ただいま」

女中が役目のことを訊《き》くのは野暮。そう決めているおふさは、白地に紺の万筋縞《まんすじじま》の着物を出してくると、座っている慎吾の頭のてっぺんを見ながら言う。

「旦那様、店廻りをなさるのでしたら、月代を整えたほうがよいのでは」

もう五日も月代を剃っていない。鬢《びん》は何とか油でなで付けているが、それでも、所々がほつれて下がっていた。巻き羽織を着ていなければ、りっぱな浪人だ。

麻布新網町の押し込みが発覚してから今日まで、皆足を棒にして探索に走り回り、特に夜は見廻りを厳しくしている。眠るのは決まって一番鶏《どり》が鳴いてからで、自身番に潜り込んで、一刻《いっとき》か一刻半（約二時間か三時間）ほど、泥のように眠った。起きればそのまま探索だ。風呂に入るどころか、月代を剃る間もなかった。

手口が残忍で、しかも短い間に五軒もやられた。このままだと北町奉行所の面目は丸潰れだ。

奉行の榊原も将軍からきついお叱りをくらったらしく、

「年内に、何としても賊どもをひっ捕らえろ」

目を吊《つ》り上げ、北町奉行所の総力を挙げて盗賊を一網打尽にするよう命じた。

月代を剃っている暇はねえとあきらめた時、作彦が、髪結いを連れて庭に現れた。毎朝夏木家に来る髪結いの男で、名を長兵衛《ちょうべえ》という。出床の帰りだという長兵衛は、通りを歩む慎吾の姿を見かけ、どうにも我慢できなくなって呼ばれてもいないのに来たという。

身なりを気にする長兵衛は、いつも着物からいい香りをさせている。それだけに、人にも厳しい。

慎吾のそばに来て、汗臭いとばかりに手をひらひらさせながら言う。

「旦那、花形の見廻り同心様とは思えぬお姿。この長兵衛に整えさせてくださいましよ」

なよなよした口調だが言うことは言う長兵衛は、慎吾の承知不承知を聞かずに支度をはじめた。

「はい、あっちを向いて」

言われるまま庭に向いて正座する慎吾の肩に手拭いを掛け、手際よく月代に剃刀《かみそり》を滑らせる。

はじめてすぐさま、手を止めずに長兵衛が言う。

「それはそうと旦那。毎日毎日、大変でございますねぇ」

「何が?」

振り向こうとした慎吾の頭を手で押さえた長兵衛が、剃刀を滑らせて言う。

「またおとぼけになって。盗賊のことでございますよ。笹山の闇僧って野郎は、なかなか尻尾を出さないとか」

慎吾は腕組みをして目だけを上に向けた。

「相変わらず耳が早いな。誰に聞いたんだ」

「南町の旦那ですよ。皆さん、自分たちの手で一味を捕まえるんだって、そりゃもう張り切っておいでで。まあ、坂町様のことがありましたから、名誉挽回《ばんかい》に躍起になられているのでしょうけど」

「ふぅん。そうかい」

張り切るのは結構だが、後から出てきて、かき回さなきゃいいがと、慎吾は危惧した。

月代がさっぱりしたところで髪に鬢付け油を付け、綺麗《きれい》に整えていく。余った元結をはさみで切ると、

「はい、おまちどおさまです」

長兵衛はにっこりとして言い、満足そうな息を吐いた。

終わったという声を聞きつけて現れたおふさが、

「やっぱりこうでないと。ぐっと男前になりましたよ、旦那様」

機嫌よくそう言い、作彦もついでに整えてもらえと指図した。

思いがけずさっぱりした慎吾と作彦は、おふさの見送りを受けて門を出ると、深川に向かった。

笹山の闇僧一味に狙われそうな大店の何軒かを訪れ、奉公人に目を光らせることと、用心棒を置くか、古くから奉公している者数名で夜通し明かりを絶やさず見張り、自衛をするよう告げて回った。

どの店も、江戸を騒がす盗賊を恐れており、中には、財を寺に預けて金蔵を空にしている店もある。

それでも安心できないのは、商売柄女の奉公人を多く抱えている店だ。

繁盛している置屋の女将《おかみ》が通りまで出てきて慎吾を引っ張り込み、化粧が濃い顔を近づけて言う。

「旦那、うちはみんな売れっ子の綺麗どころばかりで男がいないから、押し込まれるかもしれないでしょう。だから旦那、百両出すから、今夜から賊が捕まるまで、うちに泊まり込んでくださいな」

「おいおい、無茶を言うな」

「どうして？ 押し込んで来たところをしょっ引けばいいじゃないの。ねえ、お願い」

甘えて身を寄せる女将からのけ反って離れた慎吾は、肩をつかんで言う。

「気持ちはわかるが、無理な相談だ。用心棒でも雇え」

「んん、馬鹿ね。うちの子たちを見て鼻の下を伸ばすに決まっているもの。役に立つどころか毒だよ。ねえ、お願いしますよ旦那。なんでも言うこと聞きますから」

「おいおい、帯を解こうとするな」

慌てた慎吾は、とにかく気をつけろと言い、逃げるように外へ出て戸を閉めた。

「なんだい、いくじなし」

中からそしられて、慎吾は顎《あご》を突き出した。

笑ったのは作彦だ。

慎吾が不快な顔を向けると、作彦は言う。

「前から思っていたんですが、おえんさんは旦那様を見る目が熱いですからね。賊を出汁《だし》に、夜を共に過ごそうとしたんでしょう」

「馬鹿、むこうは五十路《いそじ》だぞ」

「若い燕《つばめ》がほしいんです——」

剃ったばかりの頭にげんこつを入れられた作彦が、しゃがんで痛がった。

「つまらぬことを言ってる暇はない。行くぞ」

「旦那様、待ってくださいよ」

作彦を置いて先を急いだ慎吾は、大島町《おおしまちょう》までくだり、料亭松元《まつげん》の暖簾《のれん》を潜った。

三

「久八《きゅうはち》。忙しいところすまねえな」

出迎えたあるじに、大事な用向きだと慎吾が告げると、

「ささ、こちらへ」

奥へ通してくれた。

奥といっても客間ではなく、右手の土間を抜けたところにある板場の奥の、広い板の間だ。

畳敷きなら十二畳ほどはあろうここが、慎吾が立ち寄った時にいつも通される場所だ。

作彦も続き、邪魔にならぬよう上がり框《がまち》の端に腰かけ、活気に満ちた板場を見物している。

久八は店のあるじであると共に、番付が出れば必ず上位に名が記されるほど、腕のよい料理人でもある。上方に名が知れるほどの松元を一代で築き、ここまで大きくしたのも、久八の確かな味があってのことだ。

通した部屋で遠慮なく慎吾を待たせ、料理の仕込みに余念がないところなどは、いかにも久八らしい。

自分の仕込みが終われば、忙しく働く料理人のところを回って、味付けと盛り付けに細かい指図を出している。

松元で出される料理の味はお墨付きだが、値が張ることでも知られている。次々と出来上がる料理は、どれも目が飛び出るほどの値がするため、慎吾には無縁の代物だ。

　慎吾は、外回りですっかり冷えた手を火鉢で温めながら見物していた。

　板場には、よだれが出そうになる料理のいい香りが広がり、板前が包丁を振るって、見事な鯛《たい》をさばいている。

　骨から切り離した半身をくるりと返し、皮に熱い湯を掛けて冷たい水にさっと浸し、肉厚に切り分けて皿に盛り付けていく。

　わさびと醬油《しようゆ》を少し付けて食べると、身と皮の歯ごたえが絶品だろうなと思いながら、慎吾はごくりと唾を飲む。

　一通りの指図を終えた久八が、跡継ぎ息子の啓太《けいた》に仕切りをまかせると、板の間に上がってきた。手に笊《ざる》を持っている。

「旦那、今日はいいのが入ったんで、味を試してくださいまし」

　久八はそう言って火鉢に歩み寄り、置かれている網に大粒の牡蠣《かき》を並べた。

　慎吾が身を乗り出す。

「おっ、牡蠣か」

「はい。ひと手間掛けるのもいいですが、やはり深川の牡蠣は、こうして食べるのが一番ですよ」

ぱちぱちと殻が音を立てる牡蠣を眺めて言う久八は、嬉しそうだ。

焼けるのを待つあいだに、慎吾は盗賊一味のことを忠告した。

「江戸だけでなく上方まで名が知れ渡っている松元だ。金蔵を狙われても不思議はないから、くれぐれも用心してくれ」

久八は神妙な顔でうなずき、この忙しい時に困ったものだと嘆いた。

慎吾が言う。

「賊の手口から、奉行所は引き込み役が店に潜り込んでいると睨んでいる」

久八は安堵《あんど》したような息を吐いた。

「でしたら大丈夫です。手前どもの奉公人は、短い者でも一年を過ぎております。引き込み役などおりますまい」

「それがいかんのだ」

「ええ?」

「賊どもの中には、じっくり二年もかけて支度をする者もいる。一年じゃ、安心できないぞ」

「………」

久八はつるりとした顔で、網に載せられた牡蠣を見つめている。引き締めた唇が、うちにはそんな者はいない、と物語っていた。

慎吾が腕組みをして言う。

「まあ、引き込み役がおらぬにしても、ここは大勢の人が出入りする。賊が客になりすまして下見に来るかもしれぬので、油断はならぬぞ」

「おお、旦那、いいあんばいに焼けましたよ」

話を聞いているのか聞いていないのか、久八は牡蠣の殻が開いたのを喜び、少し酒を混ぜた醬油を掛けると、皿に載せて渡してくれた。

「熱いので、気をつけて。作彦さんもどうぞ」

もう一つを皿に載せた久八は、上がり框に持って行った。

醬油が焼ける匂いが、食欲をそそる。

受け取った作彦が慎吾を見てきた。

「いただこうか」

慎吾はそう言って、箸を取った。

つまんだぷりっぷりの身を口に入れると、滑らかな舌触りに、噛《か》むと独特な香りが広がる。身を堪能した後で、殻に残った汁を飲んだ。

「旨い。こいつは上等な牡蠣だな」

「おそれいります」

久八は微笑んで目を伏せた。

慎吾は皿と箸を置き、居住まいを正して言う。

「しつこいようだが、さっきの続きだ。盗賊は料亭も的にしているということを、頭の隅に置いて忘れないでくれよ」

「承知しました」

久八が気をつけると言ったので帰ろうとしたところへ、小女《こおんな》が茶を持って来た。

「夏木様、お茶をどうぞ」

「すまぬな、おもよ」

明るい笑顔で応じた十八歳の顔は、瓜《うり》ざねの色白で、目鼻も整っていて、近所でも評判の美人だ。おまけに気性も明るいときているので、客からも大人気である。

さる大名家の家臣がお忍びで来た際に、是非殿の側室にほしいと申し出た話は、近所で評判になった。

評判になったのは縁談を申し込まれたからではなく、夢のような話をきっぱり断って、小女を続けるおもよのひたむきさが、人々を感心させたのだ。

「相変わらず、美人さんだな」

慎吾が正直な気持ちを言うと、おもよは顔をうつむけて恥ずかしがり、その場を立ち去った。

にこやかに背中を見送った久八が、

「旦那は奉公が一年じゃ安心できないとおっしゃいましたがね、おもよが、丁度一年ですよ。うちじゃ、一番短い」

慎吾はばつが悪そうに、頬を掻《か》いた。

「たとえばの話だ。おもよが引き込み役のわけはない」

あはははぁ、と馬鹿笑いをして誤魔化すと、久八も笑い、忙しく働くおもよの姿を目で追った。

おもよは、啓太に呼ばれて行き、笑顔で何やら話している。

「能登屋《のとや》さんには、いい娘を紹介してもらいましたよ。女房を早くに亡くして、男やもめで倅《せがれ》を育ててきましたので、おもよのような優しい娘が嫁に来てくれたらと思いましてね」

「ふぅん、そうかい。その能登屋ってのは、何屋だ」

「口入屋ですよ。おもよの素性も教えてもらっていますので、何も心配はございません」

「おもよは、どこの生まれだ」

「千住《せんじゅ》です。親は百姓で、暮らしは決して楽ではなかったそうですが、どこにも売らずに十七まで育て上げたそうで。厳しく育てられたのでしょうね。ほんとに、よくできた娘です」

「なぁるほど」

慎吾はおもよが淹れてくれた茶を飲み干した。

「奉公人は心配ないとしても、十分に気をつけてくれよ。盗っ人は人目を嫌うからな。誰か起きてると思わせるのが一番だ」

「わかりました」

「それじゃぁ、また寄らせてもらうぜ。牡蠣をごちそうさん」

久八の見送りを受けて、慎吾は松元を後にした。

外は薄暗くなり、深川の空はどんよりとした鈍色《にびいろ》の雲に覆われている。

海からの冷たい風に身を縮めていると、剃りたての月代に冷たい物が降ってきた。

辻灯籠《つじどうろう》の柔らかな明かりが、ひらひらと落ちる白い雪を照らしている。

手のひらに落ちては消える雪を眺めながら、今夜は何も起きぬことを願いつつ、慎吾は夜の見廻りに向かった。

四

昨夜の雪は、甍《いらか》を白く染めただけでやんでいた。

誰よりも早く起きて身支度を整えたおもよは、湯を沸かすため竈《かまど》に火を焚《た》いた。

奉公をはじめたころは、大きな竈に火をつけるのも一苦労していたおもよであるが、今では造作もなく、湯を沸かすことができる。

それがどうしたと言われたら身も蓋もないが、一つひとつ仕事を覚えていくことの喜びを、おもよは感じているのである。

小枝の炎が薪《まき》に移り、大鍋がちりちりと鳴りはじめると、冷え込む板場に湯気が上りだす。

沸騰した湯を杓《しゃく》ですくって、茶の葉を入れた急須に注いだ頃合いに、久八が起きてきた。

「おはようございます。旦那様」

「ああ、おはよう」

久八は、湯飲みを差し出されると笑顔で応じて受け取った。

「今朝はぐんと冷えたね。寝るのに寒くなかったかい」

いつも気に掛けてくれる久八のおかげで、おもよは辛《つら》いことにも耐えられる。

「はい、大丈夫でした」

「それはよかった。わたしは寒いのが苦手だから、足が冷えてなかなか寝付けなかったよ」

笑いながら言い、おもよを相手に無駄口をたたきながらゆっくり朝茶を飲み終えた久八は、よしやるか、と自分に気合を入れて、板場に立った。

飯を炊き、味噌汁《みそしる》にかかる。

住み込みの奉公人十人分の朝餉《あさげ》を作るのが、久八の日課である。

下女にさせればよいことなのだが、店のために一所懸命働いてくれる者たちへの、久八なりの恩返しなのだろう。

奉公人たちは、江戸の食通を唸らせる料理人が作った、なんとも贅沢《ぜいたく》な朝餉で、一日をはじめるのである。

おもよは、今朝も味噌汁を作る久八のそばで、味付けを学ぼうとしていた。毎朝見ていることであるが、いつぞや、見よう見真似《まね》で作ってみた味噌汁の味が、まったく違っていた。その日から何度作ってみても、どうしても、久八の味が出せない。

何が違うのか、今日こそは見つけてやろうと目を皿のようにしていると、久八が小皿に味噌汁を流し込み、渡してくれた。

「味は、舌で覚えろ」

これが、久八流である。

水と味噌の量をきっちり決めたとしても、味噌とて生き物。仕込みの手が同じでも、水加減が微妙に違う。ならば、味噌を使う者が、己の舌をたよりに味を調《ととの》えるしか、同じ味を守る手立てはない。たかが味噌汁一つにこだわる久八だからこそ、食通を唸らせる味を引き出せるのだ。

小皿の味噌汁を口に含み、おもよは首をかしげた。

「どうしても、この味が出ないのです」

久八は笑った。

「ま、そう焦るな。いずれ出せるようになろうさ」

「はい」

「それよりな、おもよ。お前さん、啓太のことをどう思う」

おもよはどう答えるべきか迷った。

「優しくて、いいお人だと、思います」

正直に答えると、久八はそうか、そうかとうなずき、鍋からおもよに振り向いて真顔で言う。

「お前さんに頼みがあるんだが、倅の嫁になっちゃあくれねぇだろうか」

「えっ」

突然のことに、おもよが目を丸くしていると、久八は微笑んで鍋に向き、しゃもじで鍋の中身を混ぜながら言う。

「急にこんなこと言って、驚かせてしまったな。返事は今すぐでなくていいんだ。じっくり、考えてくれないか」

おもよは緊張して、下を向いた。

そこへ、啓太が起きてきた。

「おはよう」

「おはようございます」

両手を前で重ねて頭を下げるおもよに、板場に入ってきた啓太は久八と順に見て言う。

「おもよ、今朝も習っているのかい」

「はい……」

おもよは、啓太の目が見られなくなっていた。

「どうしても、同じ味を出せないもので」

「そいつは無理もないぜ。おれも、おやじの味噌汁の味を出すのに三年かかったんだ」

おもよは驚いた顔を上げ、すぐに啓太から目をそらした。

「三年も、ですか」

「そう驚かれると、何だか自信がなくなるな」

「すみません、そんなつもりでは」

板場に入った啓太が、不思議そうな顔をした。

「おもよ、ずっと下を向いてどうしたんだい。何かあるのか」

近寄って同じように三和土《たたき》を見る啓太に、おもよはどきりとして一歩下がった。

顔を上げた啓太と、恥ずかしくて目を合わせられないおもよは、顔が赤くなるのが自分でもわかり、この場から逃げたくなった。

黙っている啓太をおもよがちらりと見ると、啓太は右の眉を上げ、すぐに眉間に皺を寄せて言う。

「おやじ、そんなに味噌汁をかき回したら、豆腐が崩れちまうでしょ」

二人の様子が気になって仕方なかった久八は、言われてはっとなり、鍋を見た。

「や、しまった」

そばに寄って鍋をのぞき込んだ啓太が言う。

「二人とも今朝は変だな。何かあったのかい」

久八はおもよの嫁入りのことを啓太と話していないのか、笑って何もないさと誤魔化した。

「なあ、おもよ」

水を向けられたおもよは、

「はい、何も」

そう答えて話を合わせた。

「味噌汁はなんとかなる」

味は崩れちゃいないと笑った久八が、しゃもじを置いて言う。

「啓太よ」

「はい」

「そろそろ、仕入れに出かけようか。おもよ、昨夜のうちに煮物を作っておいたから、後はまかせるよ」

「かしこまりました」

おもよがすぐに返事をしなかったからか、久八は嫁入りのことにはこの場で触れず、板場から出ていった。

親子は朝早く仕入れに出かけ、戻ってから朝餉を食べる。奉公人たちはそのあいだに朝餉をすませておき、届いた魚や野菜の下ごしらえにかかれるようにしておくのが毎日のことだ。

松元は、昼前には店を開けるため、朝から忙しいのである。

親子を送り出したおもよは、板の間に朝餉の支度をはじめた。そろそろみんな起きるころだと思っているところに、裏から訪《おとな》う声がした。

「はぁい、ただいま」

こんな朝早く誰だろうと思いつつ出てみると、知った顔の男が、勝手口の戸を開けて中を覗《のぞ》いていた。

「付け木は、いらんかえ」

おどけたように唄い、付け木の束を振って見せたのは、平次《へいじ》といって、おもよの父親の友人だ。

「どうしたの、平次さん」

顔を見るのは二年ぶりだった。行商の元締めをしている男で、以前はぱりっとした着物を着て、千住の家に遊びに来た時には土産をもらったものだが、今は顔も痩せ細り、日に焼けた肌に目がぎょろりと白く目立ち、みすぼらしくて見る影もない。

変わりように、おもよが目を丸くしていると、平次は照れたような苦笑いを浮かべて、中の様子に目をくばった。

「今、一人かい」

「ええ、もうすぐ皆さんが起きてこられますけど」

すると平次は、大事な話があると言って、手招きをした。

おもよが近づくと、耳元でささやくように言う。

「お前さんに大事な話があるんだが、今いいかい」

「ほんの少しならいいわよ」

平次は何か言おうとして、おもよの後ろを気にした。

おもよが振り向くと店の者が戸口から出て、裏庭にある厠《かわや》のほうへ歩いて行った。

平次が苦笑いで言う。

「ここじゃ、話せないな。路地へ行こうか」

「だめよ。これから朝餉の支度があるんだもの」

「そうかい。いつなら出てこられる」

「今日じゃないといけないの」

「できればそうだな」

おもよは考え、朝の掃除が終わった後の僅かな時間しかないと告げた。夜は疲れているので、ゆっくりしたいと思ったのだ。

平次は納得し、待ち合わせ場所を告げた。

そこなら行けると思ったおもよが承知すると、平次は安堵した。

「それじゃ、後で。おっと、これはおまけだ」

付け木の束を置いて、そそくさと帰っていった。

「何よ。忙しいんだからここで言えばいいのに。変な人」

おもよは首をかしげると、朝餉の支度に戻った。

板場に入ると、店の人たちは起きていて、てんでにご飯と味噌汁をよそって、食事をはじめていた。

女中たちは久八の煮物に舌鼓を打ち、味を楽しんでいるが、見習いの料理人たちは、味を舌に覚えさせせようと、真剣な眼差《まなざ》しで食事をしている。

「ごめんなさい」

遅れたことをおもよが詫びて男たちに頭を下げたが、怒る者はいない。

「おもよちゃん。おはよう」

女中頭のお千沙《ちさ》が、おっとりとした顔に笑みを浮かべ、誰か来ていたのかと訊いた。

男連中に深々と頭を下げ、千沙のところに駆け寄って付け木の束を見せた。

「付け木売りが来たので、買っておきました」

「あらそう。早く食べないと、旦那様と若旦那がお戻りになるわよ」

「はい」

おもよは付け木を置き、自分の箱膳を出してご飯と味噌汁をよそうと、板の間に座った。

早い者は食事をすませて、仕事にとりかかった。

おもよは、せっかくの煮物を味わう間もなく急いですませると、箱膳を片づける。

そうしているうちに久八と啓太が帰ってきた。

二人の朝餉は見習いが給仕するのが常で、おもよはお千沙の下で客間の掃除にかかる。

晴れてきたので座布団を天日に干して、庭の雑草を取ったりと忙しく立ち回り、開店の準備に励んだ。

小さな身体を必死に動かしての働きっぷりは皆が認めているが、今朝は久八から嫁入りのことを言われたせいで、

「わたしが、この店の若女将になるのかしら」

意識せずにはいられず、いつにも増してよく動いた。

おかげで、開店の一刻前には一段落し、仲間の女中たちは茶を飲む間ができたと言って喜んでいる。

おもよは、その僅かな間を盗んで、裏口からこっそり出かけた。

五

俗に浜通り《はまどお》と呼ばれる町内の道を大川のほうに歩みを進めたおもよは、大島橋《おおしまばし》の袂《たもと》を右に曲がって北へ向かい、小さな観音堂に足を運んだ。

通りから奥まったところにある観音堂は、周囲を木立で覆われて、人目に付きにくく薄暗い。

陽《ひ》が当たらぬところには、昨夜の雪がとけずに残っている。寒さに身を縮めたおもよが、あたりを見回して平次を捜していると、いきなり背後から声をかけられた。

びくりとして振り向くと、平次が含み笑いを浮かべて立っていた。

「ああ、驚いた」

おもよが胸を押さえて、心の臓が止まるかと思ったと訴えると、平次は白い歯を見せて手の平を立てた。

「すまねえ、脅かすつもりはなかったんだ」

おもよは息を整え、背筋を伸ばして問う。

「話はなんですか。お店が開くから、すぐに戻らないといけないの」

「なぁに、今から頼むことにうんと言ってくれりゃ、手間は取らせねぇよ」

おもよは眉間に皺を寄せた。

「頼むこと？」

「まあ、座りな」

平次は観音堂の正面にある木段をすすめ、先に腰かけた。

おもよは、なんの話だろうと思いながらも、観音堂に手を合わせ、少し離れた一段目に腰を下ろした。

平次はすぐに言おうとせず、腰からなめし革の袋を外して、煙管《キセル》に刻みたばこを詰めている。詰め終わると火打ち石を打って火種を作り、いっぷく吹かした。

急いでいるというのにずいぶん呑気な平次に、おもよは気が気ではない。

「あのう、話がないなら……」

帰りますというおもよの声に、平次が被《かぶ》せる。

「おめえさん、近頃江戸をにぎわしている盗賊のことを知ってるかい」

おもよは平次を見た。目の前の銀杏《いちょう》の木を見ている平次が、たばこを吸い、唇を尖らせて細い煙を吹き出す。

「はい？」

おもよが思わず聞きなおすと、平次は薄い笑みを浮かべて下を向き、煙管の火を落とした。残った灰を口で吹き、袋に戻した平次は顔をおもよに向けたが、同じことは言わぬといった具合に、眼差しを下げている。

おもよはそんな平次の目を嫌って、揃《そろ》えていた自分の足を見られないよう横にずらした。

「押し込み強盗が増えたというのは、聞いています」

答えて平次を見ると、

「そうかい」

うなずいておもよに上げた平次の目つきが、急に鋭くなった。

おもよは恐ろしく感じて息を呑《の》んだが、平次はふっと、穏やかな顔つきになった。

そして、表情のとおり優しく言う。

「頼みというのはおれのことじゃなく、金五郎《きんごろう》さんの手伝いだ」

「おとっつぁんの」

「おう……」

平次はあたりを見回して人気《ひとけ》がないのを確かめ、近づいて声を潜める。

「松元の金蔵のありかを、絵図にしてほしいそうだぜ」

おもよは、何を言われたのか、すぐ理解できなかった。

平次が、おもよの目の前で手をひらひらとやる。

「おい、聞いてるのかい」

我に返ったおもよは平次を見た。

「意味がわからないわ。どうしておとっつぁんが、そんな絵図をほしがるの」

平次は顎をなで、おもよの顔色を楽しむような、意地の悪い目を向けてくる。

「おめえのおとっつぁんはな、今江戸を騒がしている大泥棒、笹山の闇僧さ。おれは、その手下ってわけだ」

あまりの言葉に、おもよは思わず笑った。

「驚かせようとしてもだめよ。おとっつぁんはお金がほしいんでしょ。待って、少しだけど持って来たから」

胸元に入れている巾着袋を出してそっくり渡そうとする手を、平次はつかんで止めた。

「そんなはした金のことを言ってるんじゃねえ」

恐ろしい言い方をされて、おもよは手を引っ込め、横を向いた。

「そ、そんなの嘘《うそ》よ。おとっつぁんが盗賊のわけない」

「嘘でも冗談でもねぇさ。ほれこのとおりだ。見な」

平次は、懐から白い楕円《だえん》の紙包みを出した。

「この二十五両は、お頭からもらった分け前だ」

おもよはきつく目を閉じて下を向き、何度も首を横に振った。

「嘘、嘘に決まってるわ」

「嘘じゃねぇ！」

大声をあげた平次に驚いたおもよが見ると、手をつかんで引き寄せられた。

「痛い、やめて」

だが平次は許さず、顔を近づけてたばこ臭い息を吐く。

「おとっつぁんへの恩を、忘れたというのか」

「そ、それは……」

「捨て子のお前さんを育てたのはお頭だ。その大恩あるお頭が、最後の大仕事をして、きっぱり足を洗おうとなさっているんだ」

おもよは平次を見た。

「足を洗う？」

「そうよ。もう年だからな、ほんとうはすぐにでも足を洗いてぇところだろうが、何せ手下が三十人もいなさる。盗っ人の世界はな、頭が足を洗う時には、手下どもにそれなりの手切れ金を渡すのが決まりだ。まとまった銭がいるのよ」

「そんなの、わたしには関わりのないことです」

「そうはいかねぇ。お前さんは、頭が盗みを働いた銭で、ここまで大きく育ったんだ」

馴《な》れ馴れしくおもよの肩に腕を回してきた。

振り払って離れると、平次はしつこく付きまとって言う。

「銭が用意できなきゃ、頭は堅気になれねぇんだぞ」

身体を硬直させて立ちすくむおもよの顔を、平次がのぞき込んで言う。

「それでもいいのかい」

おもよは悲しくなった。

「おとっつぁんは、はじめからわたしにそうさせるために、奉公へ出したのね」

「そいつは違う。お頭は、お前さんには堅気として幸せになってもらいたくって、口入屋に世話を頼んだんだ」

「でも……」

「事情が変わっちまったんだ。一年のあいだにな」

「何があったというの」

「だからさっき言っただろう。盗っ人には、盗っ人の掟《おきて》がある。お前さんのために足を洗うにも、まとまった銭がいるんだ」

「このまま、盗みをしないでいればいいことでしょう」

「そうはいかねえ。おとっつぁんが足を洗わねえ限り、手下が銭をほしがって頼るからな。お前さんだって、盗っ人の娘であり続けるのはいやだろう」

「いやに決まっているじゃない」

「だがもし、手下が勝手に小銭を稼ごうとしてお縄になれば、頭は誰かと責められる。拷問に耐えかねて吐いちまえば、おとっつぁんはお縄だ。いいか、お頭が捕まったら、親子の縁を結んだお前さんも、お縄になるんだぜ」

　おもよは戸惑った。

「だからといって、お金を盗むなんてことをしたら、お店がどうなるか」

「なぁに、心配はいらねえさ。笹山の闇僧といや、殺さず、犯さずを掟に、鮮やかな盗みをしてのけることで名が知れているほどだ。店の者が寝ている隙に盗みをするが、金も、店が潰れない程度には残すのが、お頭のやりかただ。ことがすめば、お頭は西国に逃げて堅気として余生を送られる。二度とお前さんの前に姿を見せねえとおっしゃってるからよ、そしたらお前さんも安心して、松元の若女将になれるってもんだ」

どうしてそれを、と言いたげな顔を上げたおもよに、平次はいやらしい目をした。

「どうやら図星のようだな。若旦那がお前さんに向ける目つきを見て、そうではないかと睨んでいたんだ」

おもよは驚いた。

「いつ見たのよ」

平次は自分の着物をつかんで見せた。

「おれは、なんにだって化けられるのさ。商家のあるじに化けて飯を食いに行ったが、お前さんは、まったく気付かなかった」

言われるとおりまったく覚えがないおもよは、このまま知らん顔は許されないのだと思い知らされ、不安になった。

「ほんとうに、おとっつぁんはその、笹山の……」

「ああ、大盗っ人だ。だが、それも後少しのあいだだけだ。育ててもらった恩を返すのは、今しかないぜ」

「いやだと言ったら、どうなるの」

するとと平次は、悪い顔をして言う。

「お頭はあきらめなさるだろうが、手下は金をほしがっている。金蔵のありかがわからぬまま押し入ることになれば、店の誰かを脅して金を奪う。その後は……」

懐に手を入れ、刃物を見せた。

おもよは、恐ろしくて離れた。

「な、何をするつもり」

「口を封じるのさ」

このままでは、みんな殺されてしまう。久八と啓太の顔が脳裏に浮かんだおもよは、腹をくくるしかなかった。

「わたしが金蔵の場所を教えれば、誰も傷つけないと約束できるの」

平次は穏やかな顔をした。

「右腕のこのおれが、指一本触れさせやしねえ」

「わかりました。どこにあるのか知らないから、なんとか、やってみます」

おもよはそう言うと、走り去った。

小さな背中を見つめる平次は、薄笑いを浮かべて舌なめずりをし、低い声で言う。

「おう。お頭に知らせろ」

すると、床下から身軽そうな男が這《は》い出てきた。立ち上がり、薄い笑みを浮かべる平次に真顔でうなずき、音もなく走り去った。


「おもよちゃん。どこへ行ってたのさ」

帰るなり訊くお千沙に、おもよは頭を下げた。

「す、すみません、あねさん」

「すみませんはいいのよ。どこへ行ってたのかと訊いてるの」

「ちょっと、観音様にお参りを」

「あら、珍しいじゃないの。心配事でもあるの」

「いえ、何となくです」

暖簾を出してくると言って、その場から逃げるのを見て、お千沙は首をかしげた。

「変な子だこと」

勝手に外へ出たことをさして咎められることなく、この場はおさまった。

浜通りに面した店先に暖簾を上げたおもよは、いつも以上に、懸命に働いた。昼の客が退《ひ》けても休むことなく掃除をはじめた。畳を掃き、廊下を磨き、夜の客を迎える支度を整える。いやなことを忘れたいという思いが、身体を突き動かしたのだ。

あの優しいおとっつぁんが。

手を休めれば、目を細めて笑う金五郎の優しい顔を思い出す。盗賊の頭目をしているとは、どうしても思えなかった。

でもよく考えてみれば、思い当たることがあるのも確かだ。

千住の家には平次のほかにも何人か、男や女が出入りしていた。見知らぬ男がやって来たと思えば、二、三日泊まり込み、夜中に出ていって、金五郎だけが戻ることもあった。

幼い頃に、夜中に一人になっていることに気付いて、心細い思いをしたことを覚えている。おもよが十歳を過ぎた頃からは、金五郎が家を空けることが多くなり、出入りするのは、平次と、兄のように優しくしてくれた、頼介《よりすけ》という男だけになっていた。

金五郎は、おもよに気付かれまいとして、盗人宿《ぬすびとやど》を別な場所にしていたのだ。

いつだったか、一人で留守番をしていたおもよは、猫を追って床下に潜り込んだ時に、瓶に詰められた小判を見たことがある。

金の価値など知らなかったおもよは、薄くて綺麗な物を見つけたと、帰ってきた金五郎に教えた。あの時の金五郎の慌てた顔を、今でもはっきり覚えている。生まれて初めて、頬をたたかれたからだ。

改めて思い出したおもよは、はっとした。あの床下に置かれていた小判は、人様から盗み取った物だったのだ。

平次の言葉に嘘はないと思い、おもよは雑巾で床を拭く手を止めていた。

「どうしよう」

急に恐ろしくなり、身体ががたがたと震えだした。誰かに相談できるはずもなく、途方にくれていると、

「おもよちゃん、少しは休みなよ」

啓太に声をかけられ、慌てて手を動かした。

「そこはもういいから、手を洗っておいで。せっかくの料理が冷めるからさ」

料理と聞いて顔を上げると、啓太がいたずらっぽく笑い、早く、という。

言われたとおりにして奥の部屋に行くと、出汁の香りがした。

「いい匂い」

おもよが言うと、啓太はそっと背中を押して、膳の前に誘いながら言う。

「働きづめで、おなかすいただろ。一緒に食べようと思って、鶏飯《けいはん》を作ったんだ」

鶏を丸ごとゆでて、そのゆで汁で飯を炊き、細かくむしった肉といっしょに器に盛って、ねぎなどの薬味をのせて出汁を掛けて食べる。

「さ、お食べ」

調えてくれた啓太に礼を言ったおもよは、箸を付けた。

「美味しい」

声に出した途端、目頭がじいんと熱くなって目の前が霞《かす》んできた。

啓太が箸を止めて見てきた。

「どうしたんだい」

おもよは慌てて目元を拭い、笑みを浮かべた。

「すごく美味しいから、つい嬉しくなって」

声を詰まらせ、唇を噛み締めて涙を堪《こら》えた。

優しい啓太への想《おも》いと、金五郎への恩義がこころの中でぶつかって、どうしたらいいのかわからない。

おもよが何か思いつめていると察した啓太は、膳をどかせて膝行《しっこう》して近づき、優しく手をにぎった。

「おもよのことは、わたしが守る。だから、辛いことがあるなら言ってくれないか」

おもよは、驚いた顔をした。

すると、啓太は恥ずかしそうに言う。

「おやじから、話を聞いたんだ。わたしの気持ちは決まっているから、おもよも、前向きに考えてほしい」

「啓太さん、あたし……」

自分のような者はだめだと言う言葉が、どうしても出なかった。

啓太はどう取ったか、慌てたように言う。

「今すぐ返事をしなくていいんだ。ゆっくり考えておくれ」

おもよは自然と笑みが浮かんだ。

「嬉しいと思っています。でも、おとっつぁんにも相談してみたいから、お返事はもう少し待ってください」

「それは当然のことさ。嬉しいと思ってくれたなら、よかった」

おもよが笑顔でうなずくと、安心した啓太は元の場所に戻り、明るい表情で箸を取った。

第二章　葛藤

一

深川富岡八幡宮《とみがおかはちまんぐう》では、歳《とし》の市がはじまっていた。

新年の飾り物を求める人々が詰めかけ、境内は肩を触れなければ歩けぬほど、たいへんなにぎわいを見せている。

女中頭のお千沙といっしょに買い物に来ていたおもよは、目を輝かせて弾むように歩くお千沙に話を合わせて微笑んでいるが、言葉数も少なく、売られている縁起物を見ても気分は晴れなかった。

師走《しわす》に入ると、商人たちは年末払いの掛取りに走り回るので、懐があたたかくなる。そのおかげで、料亭松元は、一年で一番忙しい時季を迎えていて、毎夜毎夜、店は活気に満ちている。

平次と会うまでのおもよであれば、繁盛を喜び、奉公する手にも力が入っていただろう。しかし、みんなが懸命に働いて稼いだとて、金五郎、いや、笹山の闇僧に盗まれるのだと思えば、気力も湧かぬ。何より、久八と啓太が、お金を盗まれたことに気付いた時のことを思うと、胸が締め付けられるほど辛い。

啓太を裏切らないとこころに決めたのだから、いっそのことすべてを打ち明けてしまえばいいのだが、自分を育ててくれた金五郎への恩返しをせねばという思いが邪魔をして、どうしても言い出せなかった。

昨夜は、紙と筆を執り、金蔵の場所を描こうとした。だが、優しい啓太の顔が浮かび、筆を走らせることができなかった。

いったい、どうすればいいのだろう。

おもよは、そればかりを考えて、人で混みあう境内を歩いていた。

店に帰っても、どうすべきか迷っていた。掃除もはかどらず、お千沙に小言をいわれても、口ではいと答えるだけで、心は別のところにあった。

庭を歩く啓太の姿を見れば身を隠し、胸を押さえてため息をつく。はたから見れば、恋にこがれる乙女の仕草のように見えるが、おもよの心の中は、一寸先も見えぬ闇に包まれていた。

おもよは、掃除の手を休めて、何かに取り憑《つ》かれたように、ふらふらと腰が据わらぬ足取りで、店の中庭に出た。渡り廊下の下を潜って裏に行き、苔《こけ》むした石を踏みながら母屋の庭に向かうと、柱の陰からそっと覗く。白漆喰《しろしっくい》で塗り固められた蔵は、母屋に隣接して建っている。客からは決して見えぬように工夫されてあり、扉は外からは見えず、母屋の中から行かないと開けられない。

おもよは松元に奉公して一年になるが、先日、ようやく金蔵の場所を知った。息子の嫁にと思うあるじ久八が、おもよを連れて、特別なお客にだけ使う家宝の器を取りに入ったのだ。

おもよは嬉しかった。だがいっぽうで、二つ並べて置かれていた千両箱に、久八に気付かれぬよう目を向けていたのだ。

今でも、千両箱はあるに違いない。

おもよはどうしようか迷ったが、松元での盗み働きを最後に、おとっつぁんが真面目な人に戻ってくれるならと思い、絵図を描くと決めて矢立てと紙を懐から出した。

　筆を走らせようとしたその時、上の廊下で笑い声がしたので慌てて身を隠した。息を殺して様子をうかがうと、久八と啓太が、なにやら話しながら近づいてくる。

「どうだい。おもよとは、仲良くしているんだろうね」

「なんです。藪《やぶ》から棒に」

「あれはほんとうにいい娘だ。何があっても、離すんじゃないよ」

「そんなことを言われても、まだ悩んでいるようだし……」

「何をぐずぐずしているんだい。男は度胸。好きなら好きと、お前からはっきり言わんか」

「そりゃぁ、わたしだって考えていますよ。年が明けたら、神田の明神《みようじん》様に誘ってみようかって」

「ほうほう、それはいい考えだ。縁結びの神様の前で言えば、おもよはきっと、いい返事をくれるはずだ」

　親子の会話を聞いたおもよは、持っていた筆を納め、紙を手の中で丸めた。きつく目を閉じて、啓太を裏切ろうとしている自分を呪った。

でも断れば、どのような仕打ちをされるかわからない。平次に見せられた匕首《あいくち》が目に浮かび、想像しただけで恐ろしくなる。

蛇のような平次の目つきを思い出し、身震いをした。

やっぱり、すべて話そう。

そう思い、足を踏み出した時、自分を呼ぶ声が表の庭から聞こえてきた。お千沙が捜しているのだ。

声を聞いて啓太が振り向いたので、おもよは咄嗟《とっさ》に身を隠した。そして、言い出すことができずに、その場から逃げた。

お千沙が腰に両手を当てて、戻ったおもよに言う。

「おもよちゃん、お客さまが来られるわよ。掃除は終わったの」

「すぐ片付けます」

「何かあったの。近頃元気がないようだけどさぁ」

「いえ……」

「そう。それならいいけど、何か悩みがあるなら、いつでも相談にのるわよ」

「あ、はい」

表から、お客が入られたという番頭の声がしたので、あんたも早く着替えなさいと言って、お千沙は出迎えにいった。

おもよは雑巾と水桶《みずおけ》を片付けると、糠《ぬか》で手を洗い、納戸に入って小袖を脱ぐと、いつもの藍《あい》染の仕事着に袖を通した。これに赤い帯を締めて白い前掛けをするのが、松元で働く女の決まりだ。

身支度をすませると、おもよは板場に向かった。

もみじの間に入った客の料理作りがはじまっていて、おもよの顔を見た啓太が、

「今日もよろしくな」

笑顔でいい、楽しそうに包丁仕事に戻った。

手際よく魚の身を切り離し、一切れずつ丁寧に盛っていく。

湯気が上がる土鍋は、昆布出汁に入れられた鱈《たら》が煮えて、あんばいのいい音を出していた。

菜箸《さいばし》でつついて身を確かめた啓太が、出汁を少しすくって味をみると、醬油を気持ちだけ加えて味を調えた。

「よし、できたぞ。熱いから気をつけて運びなよ」

「はぁい」

おもよは手拭いで土鍋を持ち上げて木枠台に載せると、急いで客間に運んだ。一旦廊下に下ろして失礼しますと声をかけ、丁寧に障子を開けて頭を下げると、酒を酌み交わす客たちの前にある火鉢に土鍋を移した。

「鱈汁でございます」

蓋を開けると、出汁が染みた身が、鍋の中いっぱいに敷き詰められている。

「おっ、いい匂いだ」

「旨そうだなこりゃ」

嬉しそうに言う客の前で鱈の身を器に取り分けて、熱々の出汁を掛けて渡した。

箸でほぐした身を口に入れ、はふはふとさせながら食べる客が、

「旨い」

舌を鳴らして、幸せそうな笑みを浮かべた。

「これを食わなきゃ、師走って気がしねえ」

「まったくだ」

もう一人の客が、相槌《あいづち》を打つ。

おもよは、常連の客はおおかた顔を覚えているが、二人は初めて見る顔だった。二人もおもよに話しかけるでもなく、仕事の話をしながら料理を食べ、酒を酌み交わしている。

話の中身から察して、二人は町火消しのようだ。

北風が吹く今からが忙しくなるだの、どこそこの湯屋は火の始末が悪いから油断できないだのと言っている。

おもよは話半分で聞きながら、給仕をしていた。心の臓が止まるような言葉が客から出たのは、ふっくらと煮えた白子を、器に取り分けていた時だった。

客の一人が、おもよが差し出す器を受けながら、連れの男に顔を向けた。

「この冬は、火事より盗賊が厄介だぜ」

「ああ、噂《うわさ》じゃ、笹山の闇僧とかいう一味らしいな」

「おうよ。麻布新網町の漆問屋で五軒目だがよ、そりゃもう、ひでぇありさまだったようだ。女子供まで皆殺しだ」

「熱っちぃ！」

話を聞いていたほうの客が飛び上がるように立ち、おもよに驚いた顔を向けた。

皆殺しと聞いたおもよが、渡そうとした器を落としてしまったのだ。

「ごめんなさい！」

慌てたおもよは、帯に挟んでいた手拭いで拭こうとしたが、客が手を止めた。

「いいってことよ。少しかかっただけだ」

おもよに優しく微笑んだが、着物の膝が濡《ぬ》れている。

おもよがもう一度あやまって拭こうとするも、客は出汁で濡れた着物の裾をほいっと端折《はしょ》った。

尚《なお》も盗賊のことを話そうとする連れに、

「やめねえかい。せっかくの飯が不味《まず》くならぁ」

そう言って座り、酒をすすめた。

連れの客は素直に酒を受け、顔が青ざめているおもよにすまなそうな顔を向ける。

「おれが物騒な話を聞かせちまったから、手元が狂ったんだな。ごめんよ」

「いえ、わたしのほうこそ、申しわけありません」

頭を下げ、なんとか気持ちを落ち着かせようとしたのだが、しゃもじを持つ手が震えてしまい、鱈汁をうまくすくえない。

見かねて手を差し伸べたのは、おもよが汁を掛けてしまったほうの客だ。

「ねえさん、大丈夫かい」

「は、はい」

「連れがほんと、やな話を聞かせちまったな。顔色がよくないぜ。ここはいいから、休んでなよ」

「いえ、もう、大丈夫です。すみません」

「そうかい。それじゃ、熱いのを二、三本持って来ておくれ」

空の燗徳利《かんどつくり》を振りながら言う客に頭を下げたおもよは、部屋から出た。

廊下の手すりにもたれかかり、大きく息を吸った。心の臓の激しい鼓動はまだ治まらず、背中は汗でぐっしょり濡れていた。

二

おもよの心は、今朝の空のように曇っていた。

仕入れに行く久八と啓太を見送り、浮かぬ顔で見上げていた明け方の空から地べたに目を向け、深い息を吐いた。

今は蔵の場所を教えるための絵図を描く気などなく、笹山の闇僧が店を狙っていることをどう伝えようか考えているのだが、言葉が浮かばないのだ。

こうなってしまっては、自分の生い立ちを正直に言い、店を出ていくしかない。今夜には言おう、明日の朝には言おうと決めて声をかけようとするのだが、いざとなると、声が出せなかった。奉行所に密告すれば、自分もどうなるかわからない。何より、啓太に嫌われるのが怖かった。そして同時に、優しいおとっつぁんが盗賊の頭だということが、どうしても信じられなかったのだ。

思い悩みながら一日を過ごす日が続き、奉公にも身が入らぬ。粗相ばかりをして客に不愉快な思いをさせ、店の者に迷惑をかけていた。

ふと、みんなが起きてくる前に水汲《く》みをすませておくことを思い出し、急いで井戸に向かった。

井戸端で水桶に手を掛けた時、

「付け木は、いらんかえ」

平次が唄う声がした。

はっとして振り向くと、裏木戸から平次が顔を覗かせ、おもよを見つけると顔を振って、出てこいと指図した。

おもよは板場を覗き、誰も起きていないのを確かめると、小走りで裏木戸へ向かった。

「絵図をいただきに来たぜ」

「…………」

「何だ。まだできていねえのか」

「噂を、聞きました」

「噂?」

平次は薄笑いを浮かべた。

「なんの噂だい」

おもよは、前掛けの端をきつくにぎり締めた。

「おとっつぁんが、盗みに入った家の人たちを、みんな殺しているとお客さんが話しているのを聞きました。店の人たちも、極悪人だと言っています」

「ああ、あのことか」

「やっぱり、ほんとうなのですか」

平次は鼻で笑った。

「麻布新網町のことを言ってるんなら、大きな間違いだぜ」

「間違い？」

「お頭があまりにも鮮やかな仕事をなさるんで、名前を勝手に使われているのよ。あれは、お頭じゃねえ」

「ほんと？」

「お頭が人を殺《あや》めるような人じゃねえことは、おめえさんも知っているだろう」

「……はい」

「だがな、名前が広まったからには早くしねえと危ねえ。このままだとお頭がお上に捕まって、人殺しにされちまうぞ。それでもいいのかい」

おもよはきつく目を閉じて、かぶりを振った。

「だったら、早くすることった。二、三日うちにまた来るから、それまでに描くんだぜ。いいな、わかったな」

「おとっつぁんに会わせて」

「い、いきなり何いいやがる」

「会って、やめるよう説得するわ。上方に逃げてって、言ってみる」

「お頭は、お会いにならねえぞ。忘れたのかい、お前さんが奉公に出る時、二度と家に戻るなと言われたんだろう」

「………」

「血の繋《つな》がりがないとはいえ、お前さんはお頭にとっちゃぁ、可愛い娘だ。二度と、盗人宿に踏み入れさせまいという親心を、裏切っちゃぁいけねえよ」

「でも――」

「言いたいことはわかる。可愛いと思ってるなら、なぜ盗みの片棒を担がせるのかって思うよな」

おもよがうなずくと、平次はほくそ笑んだ。

「仕方がねえのさ。前にも言ったように、足を洗うには、まとまった金がいる。だがお頭は今、引き込み役をどこにも入れておられねえから、いつもの盗みができねえんだ。頼りはお前さんだけだが、絵図を描いてくれねぇとなると、麻布の店を襲った偽者のような、急ぎ働きをするしかねえ。お頭を本物の人殺しにしたくねえだろう、なあおもよ」

「そ、それは……」

「これを最後に、お頭は足を洗われるんだ。お前さんも、普通の娘として幸せになれるんだぜ」

肩にそっと手を当てて、なだめるようにたたくと、

「言っとくが、千住の家に来ても無駄だぜ、見張りがいるからな」

そう言った平次は、通りかかる人影に気付いて態度を一変させた。

「毎度どうも。ありがとうございやす。それじゃ、またよろしく頼みます」

商売の口調に戻って、付け木の束を渡した。

おもよは、平次が千住の家のことで念を押したのがどうにも気になり、帰ってい

く背中を見送ると、板場に戻り、父親が病との知らせが来たと嘘の手紙を残して、通りに駆け出た。

平次を捜して町中を走ると、永代橋《えいたいばし》に向かっている後ろ姿が見えた。

おもよは気付かれないようにあいだを空けて、平次が永代橋を渡りはじめるのを見届けると、真《ま》っ直《す》ぐ川上へ歩み、本所へ向かった。

大川沿いを歩み、吾妻橋《あずまばし》の袂を横切ると、大名屋敷の塀を右手に見つつ川上に向かう。

長い塀に沿って右に曲がると、正面に水戸《みと》藩の広大な屋敷が見えてきた。源森《げんもり》川に架かる橋の南詰めにある辻番所の前を通りかかると、役人が厳しい目を向けてくる。

呼び止められたらどうしようかと、どきどきしながら前を通り過ぎた。背中に視線を感じつつ、小走りで源森橋を越えると、水戸藩の屋敷横を川上に向かった。須《す》崎村《さきむら》の田圃《たんぼ》の中には、三囲社《みめぐりしや》の杜《もり》がこんもりと見える。

ここまで来ると、さすがに足が疲れてきた。おまけに、下駄《げた》履きのまま出てきたので、指の間にまめができている。

どこかで休みたいと思ったが、裸足《はだし》になり、先を急いだ。

隅田村《すだむら》を抜け、鐘ヶ淵《かねふち》から新綾瀬《しんあやせ》川のほとりを歩んで、粗末な造りの綾瀬橋にさしかかった。板がきしみ、隙間から下が見える橋を恐る恐る渡ると、新綾瀬川に沿ってくだった。

新綾瀬川と鐘ヶ淵の境に近い所に、おもよが育った家がある。

藁葺《わらぶ》きのこぢんまりした百姓家であるが、周囲を竹藪が囲い、陸から行くには、竹藪の中の細い一本道を歩むしかなく、どちらかというと、川から舟で乗り付けるほうが便利であった。

金五郎は猪牙舟《ちょきぶね》を三艘《そう》も持っており、普段は竹藪の中に引き込んだ水路に隠してある。

今思えば、金五郎が舟で出かけるのは、決まって夜であった。それらは皆、盗っ人仲間を運ぶものであり、また、盗んだ金を運んで戻るのに使っていたのだろうか。

おもよは下駄を履き、竹藪の中に足を踏み入れた。

風に竹が揺れ、さわさわと鳴っている。

途中から横にそれて、枯れ枝の音を立てぬようにゆるりと歩み、家の裏が見渡せるところに潜んだ。

人影はなく、裏庭に面した戸も閉てられている。だが、竈に火が入っているらしく、台所の格子窓から白い煙が出ている。

遅い朝餉の支度をはじめたのだろうか、それとも、おとっつぁんお得意の、大根の煮物でもこしらえているのだろうか。

川魚の干物で出汁を取った、濃いめの味の大根。箸で崩れるほど煮込まれた大根のことを思い出して、腹がぐぅっと鳴った。

あんなに温かくて美味しい物が作れるおとっつぁんが、盗っ人のはずはない。会って直《じか》に確かめ、もし盗っ人だとわかったら、やめるように説得しよう。

心に決めたおもよが竹藪から出ようとした時、裏の戸が開いた。

咄嗟に身をかがめて見ると、男の子が駆け出てきて、竹藪に向かって放尿した。

「こら、そこにしたらだめだって、何度言わせるかね、この子は」

母親らしき女が出てきて、息子のところに歩み寄った。

「大事な肥やしになるんだから、お便所にしなきゃだめじゃないか」

「だっておっかさん、おいら、出ちゃいそうだったんだ」

「しょうがない子だね。早く行かないからだよう。ほら、寒いから家に入りな」

母親が着物の前をなおしてやると、男の子は駆けて行った。

優しい笑みを浮かべて子供を見ていた母親が、立ち上がって家に戻ろうとした時、物音に気付いて振り向いた。

おもよが踏んでいた枯れ枝が、ぱきっと音を立てたのだ。

竹藪に身を伏せていたおもよだが、僅かに頭が覗いていた。赤珊瑚《あかさんご》の簪《かんざし》も手伝い、母親の目に止まった。

「そこにいるのは誰?」

不安げな声を聞き、おもよは観念して立ち上がった。

目を丸くする母親は、小袖をきちんと着ているおもよを見て何を思ったか、道に迷ったのかと訊いてきた。

「いえ、その……」

前で結んだ手をもじもじとやりながらうな垂れていると、母親が言う。

「見かけない顔だね。ああ、そうか。前に住んでた人のお知り合いかね」

「えっ?」

思わぬ言葉に顔を上げると、母親が浅黒い顔の眉尻を下げた。

「前の人は、病で亡くなったと聞いているよ」

「あの、前の人というのは……」

「名前までは知らないよう。あたしたち家族は、他所《よそ》から越して来た者だから」

「亡くなったのは、いつでしょう」

「名主様から聞いた話じゃ、娘っこを奉公に出して半年くらい後のことだったらしいけど。ああ、もしかして、お前様がその娘っこかえ」

「いえ……」

咄嗟に言葉が出た。

「そうかね。なんでも、亡くなる間際まで、娘っこのことを気にしていなさったらしいから、もしも若い娘っこが訪ねて来たら、墓さ案内してやれって、名主様から頼まれているものだからよう」

探るような顔をする母親に、おもよは訊く。

「どのような病で、亡くなったのでしょうか」

「さあ、もうすぐ名主様がこられるから、直に訊いてみたらどうかね。寒いから、よかったら家の中で待ってな」

「いえ、大丈夫です。わたしは、何も関わりありませんから」

「あれ、そうかね。あたしゃてっきり娘っこかと思ったけど、違うのかい」

「はい。お邪魔しました」

おもよは頭を下げて、背を返した。名主が来ると聞いて怖くなり、その場から立ち去った。

三

神田の夜は、星一つ見えぬ闇であった。

神田川沿いの柳原通り《やなぎわらどお》りに、一匹の猫が歩いている。茶虎の雄猫は、目あての雌猫でもいるのか、尻尾をゆらりと振りながら、通りを大川の方へくだり、細川《ほそかわ》某の上屋敷の門前を過ぎると、軒を連ねる商家の間に入っていった。

通りから猫が消えたのと入れ替わりに、黒い人影が、闇から染み出るように、通りに現れた。

あたりをうかがい、人気がないのを確かめると、さっと、手を振って合図した。すると、一人、二人三人と湧き出てきて、神田川の土手に降りていく。その者たちの肩には、ずしりと重い千両箱が担がれていた。

皆が河岸に下りるのと合わせるように、三艘の猪牙舟が川面《かわも》を滑りだした。岸に着けるや、賊どもが次々と身軽に乗り込んでいく。そして、千両箱に筵《むしろ》を被《かぶ》せ、着ていた黒装束を脱ぎ川に捨てた。

新《あたら》シ橋《ばし》を潜り、大川に向かったところに辻番所があるのだが、役人は眠りこけているのか、川を進む舟にまったく気付く気配がない。さらに進んだところには、関《かん》八州《はっしゅう》郡代代官所があり、対岸にはもう一つの辻番所があるのだが、これらもまた、賊どもの舟に気付かぬ。

闇の中を静かに進む舟は、まんまと大川に出ると、川上に消えた。


神田の事件がおもよの耳に入るのに、時はかからなかった。翌日の昼には、常連客たちの会話が、惨《むご》たらしいことをする盗賊どもの話題で持ちきりであったからだ。

同時に、同じ商人として、いつ狙われるかわからぬ恐怖が、客たちを饒舌《じょうぜつ》にしていた。

おもよは、会話に耳をかたむけながら、得体の知れぬ何かに脅えていた。

千住の家に住みついていた母親が言うことがほんとうならば、おとっつぁんは、死んだはずである。平次はいったい、誰のために働いているのか。

偽者が急ぎ働きをしていると言っていたが、今となっては、信用はできない。いや、それとも、おとっつぁんはまだ生きていて、千住の家にいた母子は、自分を会わせぬために、嘘を言っていたのではないか。あの母子はもしや、金五郎の新しい家族では。

名主が来るといえば逃げ帰るとふんで、中に入れと誘ったのかもしれぬ。誘いに応じて、家の中を確かめればよかったと、後悔した。

昨日店に帰って、親の様子を訊かれた時、死に目に会えなかった、と言ってしまった。

久八と啓太は、家に戻ってしっかり弔いをすべきだと言ってくれた。だがおもよは、近所に住む人たちがすべて取り仕切ってくれたおかげで、もう弔いをすませたと嘘をついていた。神田の事件の真相を確かめようにも、そのせいで家に帰る口実を失っていたが、おもよには、やはりあの母親が嘘を言っているようには思えなかった。

墓に参るべきであったのだろうが、名主に顔を見られたくなかった。笹山の閻僧に育てられたという負い目が、その場から立ち去らせたのだ。

沈んだ気持ちのまま給仕をしていると、

「ねえさん」

客から声をかけられて、おもよはどきりとした。恐る恐る顔を上げると、客は料理の器を箸で示している。

「今日の料理はいつもに増して旨いね。これはなんだい」

「鰆《さわら》のすり身に蓮根《れんこん》を加えて蒸した物に、とろみを付けた出汁を掛けてございます」

啓太に教わったとおりに答えると、客はにんまりとして、料理に箸を付けた。

おもよはその客に、思いきって訊いてみた。

「あのう」

「今話されていた神田のことですが」

客が箸を止めて、おもよに顔を向けた。

「なんだい」

「耳障りだったかい」

「いえ、そうではなくて、今話題の、笹山の閻僧とかいう、盗賊の仕業でしょうか」

「ええ、そのように聞いていますよ」

「そうですか。どうも」

手の震えを見られまいとして立ち上がろうとした時、連れの客が、襲われた店の名を言って、気の毒がった。

おもよはぎょっとして、

「今のこと、ほんとうですか」

思わず声が出た。

「うん?」

「襲われた丹波屋《たんばや》さんて、足袋《たび》問屋の丹波屋さんですか」

「ああ、そうだよ。知り合いでもいたのかい」

「いえ、前に一度、店に行ったことがあったものですから」

「そうかい」

「あの、それで、店の人たちは、どうなったのですか」

「さあ、詳しいことはわからないよ。あたしも、人伝《ひとづて》に聞いただけだからね」

「そうですか」

「それより、熱いのを二本ほど頼むよ」

「はい。ただいま」

　おもよは空になった燗徳利を下げて、板場に戻った。

　湯に浸《つ》けてあった徳利を持って行き、空いた皿を引き取って忙しく戻ると、先ほどはいなかった板の間に、岡っ引きの五六蔵《ごろぞう》親分の姿があった。

　たった今来た様子で、久八と火鉢を挟んであいさつを交わしている。

　おもよは、泣く子も黙る恐ろしい親分と目が合ってどきりとしたが、小さく頭を下げて、皿を置きに行こうとした。すると、久八に呼び止められた。

「おもよ、熱燗を持って来ておくれ」

「はい、ただいま」

おもよは板場に入ると皿を置き、湯から徳利を出して手拭いを当ててころあいを確かめ、盆に猪口《ちょこ》を二つ載せた。

「おもよちゃん。こいつもお出ししな」

啓太がからすみを切り分けて、皿に盛って渡した。

おもよが久八と五六蔵のところに持っていくと、

「おっ、また珍しい物が出てきたな」

五六蔵が目を丸くしている。

「わざわざ長崎から取り寄せた物です。味見程度ですが、どうぞ」

久八が言うと、五六蔵は遠慮なく一口食べて、また目を丸くした。

その顔がおかしくて、おもよがくすりと笑うと、五六蔵は優しい目を向けてきた。

「笑顔が見られてよかった。親御さんは、気の毒だったなぁ」

「あ、いえ」

「親分はな、心配して来てくださったんだ」

久八に言われて、おもよは五六蔵を見た。どうして知っているのだろうという疑問より、金五郎の正体がばれたのではないかと、気をもんだのだ。

「昨日の夕方、万年橋《まんねんばし》ですれ違ったのを覚えていないか」

言われて考えたが、まったく覚えがなかった。

「いえ……」

「親分はね、お前が酷《ひど》く落ち込んで歩いていたから、心配して来てくださったんだ。金五郎さんは、ほんに気の毒なことしたよ。娘に、一目会いたかったろうにね」

目頭を押さえる久八につられたのか、五六蔵も目を赤くしている。

手拭いで目を覆う親分は、金五郎の正体にまったく気付いていない様子だった。

おもよは勇気を出して訊く。

「あの、親分さん」

「うん？」

「昨夜、神田の足袋問屋に押し込みが入ったとお客様から聞いたのですが、丹波屋さんというのは、ほんとうでしょうか」

「ああ、そうだぜ」

「………」

「どうしたおもよ、怖い顔して」

久八に言われて、おもよは思い切って、五六蔵に言った。

「丹波屋さんには、従兄弟《いとこ》がいたのですが……」

「何だと！」

五六蔵が含んだ酒を噴き出す勢いで驚き、目を見張った。

おもよは肩を落とした。

「そのご様子だと、無事じゃないのですね」

「いや待て、一人生き残りがいたぞ。名はなんて言うんだ」

「頼介です」

嘘ではなかった。千住の家に出入りしていた小作人で、おもよが奉公に出る少し前に、丹波屋で働くといって村から出ていったのだ。

闇僧の手下かもしれぬが、とても優しくしてくれて、兄のように慕っていたおもよである。

帳面を開いていた五六蔵が、名前はないと言って顔を上げた。

おもよは、頼介はもう一人の方だったと誤魔化して、別の名前を告げた。どちらが本名か知らぬが、あだ名と思っていた名だ。

「梅吉《うめきち》、梅吉っと……」

五六蔵が酒をちびりと舐《な》めて、帳面に目を走らせている。そして、絶句したような顔を向けてきた。

「おもよちゃん……」

「あるのですね、梅吉さんの名前が」

「ある。だが安心しな、死人の中にはいなかった。だがいけねぇや」

五六蔵の渋面に、おもよは考えをめぐらせながら訊く。

「いけないとは、どういう意味ですか」

不安そうな顔で問うおもよに、五六蔵は苦笑いした。

「すまない。いけないというのは語弊があるな。うまく難を逃れた梅吉は、下手人の顔を見ているかも知れねえから話を聞きたいんだが、困ったことにどこにも姿がない。お前さん、梅吉の行きそうな場所を知らないかい」

やはり、おとっつぁんは生きている。きっと頼介は引き込み役をしていたに違いない。だから姿がないんだ。足を洗うなんて嘘。おとっつぁんは、人を殺めて金品を盗んでいるんだ。

「親分さん……」

おもよはすべてを話そうとしたが、言葉を飲み込んだ。啓太が、酒のおかわりを持って来たからだ。

「うん？　どうしたおもよちゃん」

おもよは問う五六蔵に、何度も首を横に振った。

「考えてみたのですが、梅吉さんとは付き合いがあまりなかったから、行く当てをわたしは知りません」

そう誤魔化したおもよは、客間に戻ると言って頭を下げ、廊下に駆け出た。

「おもよちゃん、待ちな」

五六蔵の呼びかけに、おもよはうつむいて振り向いた。

「なんでしょう」

「梅吉は気が動転して、当てもなく町を徘徊《はいかい》しているかもしれねえから、もしおもよちゃんを頼ってきたら、手間を掛けるが自身番に知らせてくれ」

「承知しました」

おもよは頭を下げ、仕事に戻った。

おもよの顔色の移ろいが、鼻が利く五六蔵は気になった。

「親分、どうぞ」

啓太のすすめに応じて、猪口に酒を注《つ》いでもらった五六蔵は、口を付ける手を止めた。

「おもよは、千住の生まれなのかい」

それとなく訊くと、久八と啓太が、顔を見合わせた。

久八がおもよが去った廊下を一瞥《いちべつ》し、五六蔵に向いて声を潜めて言う。

「実は、ある者に頼んで調べましたところ、あの子は信州《しんしゅう》の生まれだそうで」

五六蔵は渋い顔をした。

「調べたってな、穏やかじゃねえな」

久八が慌てて、顔の前で手をひらひらとやる。

「いえ、悪い意味に取らないでください。ゆくゆくは倅の嫁にしたいと考えておりますものですから、素性を確かめたのでございますよ。手前どももたいした者ではございませんが、何といいますかその……」

「言いたいことはわかる。で？　おもよは親と一緒に信州から出てきたのかい」

「はい。千住の名主様がおっしゃるには、父親は穏やかな優しい人だったそうです。男手一つで育てたそうで、近所では評判の親子だったそうですよ。ですから、死に目に会わせてやれなかったと思うと、もっと気を配ってやればよかったと、悔いているのでございますよ」

「そうか。従兄弟の梅吉とは縁遠いと言っていたし、天涯孤独になったのか」

五六蔵が猪口の酒を飲み、苦い顔をした。

久八が酌をしながら言う。

「兄がいることはわかったのですが……」

言葉を濁す久八を、五六蔵は見つめた。

「その兄が、どうした」

「兄のほうは名主様も見たことがないらしく、顔も知らないそうです」

「信州に残して来たのか」

「いえ、幼い頃に、どこかに養子に出したそうです」

五六蔵は眉間に皺を寄せた。

「長男を養子に出すとは、珍しいな」

「なんでも、百姓の自分には不釣り合いな家に行ったとかで、名主様に自慢していたそうです。おもよには、兄のことは知らされていないようですが」

「兄妹でも知らないのか？」

「先方からの申し出で、縁を切ったようなことになっていたそうです」

「そうかい……」

五六蔵はうなずいて、猪口を空にして折敷に置き、啓太に顔を向けて言う。

「早いこと嫁にもらって、幸せにしてやるこったな。ええ、啓太。そうすりゃ、おやじさんも安心だ」

「はい」

照れる啓太の背中をどんとたたいた五六蔵は、

「しっかりな」

笑って言い、また来ると言って店から出た。

五六蔵はふと、見られている気がして振り向いた。

暖簾が風に揺れている戸口には、見送りに出ていた久八と啓太がいるのみ。気のせいかと思い、頭を下げる二人に手を上げた五六蔵は、酒が入って気分よく家路についた。

「さあ、仕事だ」

「はい」

久八と啓太の声を聞きながら、通りに面した格子窓の横の壁に背中を向けて不安そうな顔をしているのは、おもよだ。

立ち止まって振り向いていた五六蔵は、格子窓を横切る人影を見て、腕組みをして首をかしげた。

四

慎吾は、腰を痛めて臥せっている田所の見舞いをすませた後、深川に渡って浜屋《はまや》にいた。

女将の千鶴《ちづる》が、ねぎと軍鶏《しゃも》の肉がたっぷり入ったすいとん汁を出してくれたので、作彦と二杯もお代わりをして身体を温め、客がいない部屋に潜り込んで、夜に備えて眠りこけていた。

一刻（約二時間）ほどは眠っただろうか、慎吾は廊下の足音に目をさまし、起き上がってあぐらをかいた。

「旦那」

「おう。どうだった」

障子を開けた五六蔵が入ってくると、作彦も目をさまして正座した。

五六蔵が慎吾と向き合って正座し、神妙な面持ちで言う。

「おもよは、父親を亡くしたようですね」

「それで、あんな顔して歩いていたのか」

「へい。旦那の人を見る目は、やっぱり違いますね」

実は、万年橋を渡るおもよを見ていたのは、五六蔵ではなく慎吾であった。

紀州《きしゅう》徳川家拝領屋敷の前にある辻番所で茶を飲んでいた時に、ふらふらとした足取りで前を通りがかったおもよに気付いて、見守っていたのだ。

様子が変だったので、五六蔵に見に行ってもらったのだが、頼んだ時に、五六蔵が作彦と目を合わせたのを慎吾は気付いていない。

五六蔵は作彦から、こう聞いている。

「おもよちゃんを見る旦那様の目が、うふふ、ちょいとおもしろいのですよ。あれは、懸想ですかね」

はじめ聞いた時、五六蔵は思わず大声をあげた。

思いもよらぬことであったし、五六蔵はてっきり、慎吾は華山のことを気にしているのだと勘ぐっていたからだ。

何かの間違いだろうと言ったが、四六時中一緒にいる自分の目に狂いはないと作彦が断言したところへ、代わりに様子を見に行ってくれと、慎吾から頼まれた。

普段ならずけずけと物事を訊く慎吾の変わりように、五六蔵も納得したのである。

「とっつぁん。さっきから何をにやにやしているんだ」

慎吾に言われて、五六蔵は我に返った。

「へっ」

「へじゃなくて、話が途中で止まっているではないか。何をぼうっとしている」

五六蔵は後ろ首に手を当てて、申しわけなさそうな笑みを浮かべた。

「これは手前としたことが。作彦さんがよけいなことを言うから、考えごとをしてましたよ」

「考えごととはなんだ」

「こっちのことですから、お気になさらず」

慎吾が探る目をすると、五六蔵は改まって身を乗り出す。

「それより旦那、ちょいと気になることがありやす」

「うむ」

「昨夜笹山の一味に襲われた丹波屋では、おもよの従兄弟が働いていたそうで」

「何？」

「泣きっ面に蜂とはこのことですが、従兄弟の名前があったと知った時のおもよの態度が、どうも気にいらねぇので」

「とっつぁんの気にいらねぇは当たるから、穏やかではないな。聞かせろ」

「へい。おもよは思い詰めた様子で何かを話そうとしたようですが、すんでのところで止めて、逃げるように立ち去りやした。おそらく、何か隠しごとがあるはずです」

「丹波屋で働いていた従兄弟の名は」

「いなくなった梅吉です」

慎吾は顎をつまんで考え、五六蔵に言う。

「丹波屋の生き残りを華山に預けている。行って確かめてみよう」

「旦那、まさか」

「とぼけるなよとっつぁん。おもよの様子を見て、薄々勘づいているんだろう」

五六蔵は口には出さないが、顔がそうだと言っている。

同心としての勘が、慎吾の胸の中にいやな思いを芽生えさせていた。

「急いだほうがいい」

そう言った慎吾は立ち上がり、十手《じって》と刀を帯にねじ込んで浜屋から出かけた。

師走の空はすっかり薄暗くなっている。

永代橋を城の方角へ渡っていると、身を切るように冷たい風に乗って、暮れ六つを知らせる鐘の音《ね》が聞こえてきた。

橋を渡って程なく、道の灯籠や商家の明かりがない道は暗くて見えにくくなった。

「旦那様、お待ちを」

作彦が奉行所のちょうちんを取り出して上下に伸ばし、灯籠から火をもらって蠟《ろう》燭《そく》に灯《とも》すと、足下を照らしてくれた。

なくても通りを歩けるが、目印のためにちょうちんを持っている。歩いているのが奉行所の者だとわかるちょうちんは、真面目に暮らしている者たちにはどうということはないが、お天道様をまともに見られぬ者たちには、それなりに効き目がある。奉行所の者がうろうろしていると知って、この日の悪行を控える輩《やから》もいるのだ。

三味線の音が聞こえてくる深川の町と違い、霊岸島《れいがんじま》新堀のほとりの通りは、仕事を終えた者たちが家路を急いで行き交い、そこを狙った商売も盛んだ。

こと師走ともなれば、正月を迎えるための日銭を稼ごうと、怪しげな物を売る輩もいる。

いち早く奉行所のちょうちんを見つけて目をそらした男がいたので、慎吾はちっと舌打ちをして、十手を引き抜いた。

その男の出店の前で、巾着から銭を出そうとしていた老婆の横に並び、品物を見た。

「ほぉう。何を売っているのかと思えば、正月の飾りもんか」

老婆は、見るからに粗末な作りの飾り物を持っていた。

慎吾が問う。

「婆《ばあ》さん、それいくらで買ったんだい」

「これかい。高いよ」

老婆は慎吾をちらと見て、すぐに手元に目を戻すと、眉間に皺を寄せて巾着の底をさらっている。

慎吾が適当な値を言う。

「二十文かい、安いな」

「馬鹿言っちゃいけないよ旦那、百三十文だってさ。あたしゃ三十文だと思って銭を払おうとしたら、百文足りないって言うから驚いちまったけどさ、一度手にしたら返せないって、この人が怖い顔して言うからさ、仕方ないのよ。旦那、十文ばかし足りないから、貸しておくれでないかい」

「ほぉう。こいつが百三十文ねぇ」

慎吾が店の者をじろりと睨むと、

「へ、えへへへぇ」

やくざ風の男が、手を擦りながら値札を見せて苦笑いをした。

ぱっと見は三十文に見えるが、三の上に小さく百と書いてある。

「この野郎、けちな商売しゃぁがって」

怒ったのは五六蔵だが、すぐに仲間が現れ、周りを囲んだ。

派手などてらを着た、親分と思われる男が出てきて、余裕ありげな顔を慎吾に向けた。

「八丁堀《はっちょうぼり》の旦那。十手を見せて弱い者いじめはいけませんぜ。あっしら、こうして真面目に商売してるんだ」

慎吾は鼻に皺を寄せた。

「確かに、法度にはふれておらんが。いくらなんでも、この値札はねえぞ。誰だっておめぇ、三十文と思うぜ」

「形はどうであろうと、値札に嘘はねえのだから、いちゃもんをつけちゃいけませんぜ。さ、婆さん、百三十文払ってもらおうか」

熊のような手を差し出すどてら男の前に、五六蔵が立ちはだかった。

どてらの男が、じろりと睨む。

「なんだ、てめえはよう」

「おれか、深川の五六蔵よ。若ぇ頃は……」

五六蔵は近づき、耳元で何やらささやいた。

「……とも呼ばれていたが」

凄《すご》みのある笑みを浮かべると、どてらの男が息を呑んだ。

「ふ、ふか、ふかぁ……」

「ふかふか言ってんじゃねえ！　おう、お年寄り相手につまらねぇ商売しゃぁあがると、お上が承知しねぇぞ」

「ひ、え」

どてら男は口をあんぐりと開け、慎吾と五六蔵を血走った目で順に見て、顔を真っ青にして怖気《おじけ》付いている。

五六蔵が言う。

「間違ったんだよなぁ、字をよう」

「へ、へいへい」

首がもげそうなほど何度もうなずく男の前で、五六蔵は矢立てから筆を出し、値札に筆を走らせた。

「これでよし。さあ皆の衆、こちらの太っ腹の親分さんが、縁起物のお飾りを格安で譲ってくださるそうだ。買うなら今だよ。なぁ、親分さん」

「は、はいはい」

満足した五六蔵が身体をどけると、値札の百と三の文字にぺけの印が入れてあった。

正月の飾りがたったの十文にされたのを見て、野次馬たちから歓声が上がり、どっと押し寄せた。

悲鳴をあげるやくざたちだが、こうなってはどうにもならぬ。やけのやんぱちで、投げ売りをはじめた。

見ていた慎吾が、笑って五六蔵に言う。

「とんだ道草だが、なんだか胸がすっとしたぞ」

華山のところへ急ぎながら、五六蔵に訊く。

「あの時、やくざの男に何を言ったんだ」

いる。


「いえ、手前は何も」

「若い頃、なんと呼ばれていたんだ」

「そんなこと言っちゃいません」

慎吾はじっとりとした目を向けたが、五六蔵は涼しげな表情を前に向けて歩んでいる。

こういう顔の時の五六蔵は、何も教えてくれない。

五

国元華山の診療所には、生き証人を賊の手から守るために、奉行所の小者が警固に立っている。

ものものしい警固をするのは、笹山の一味の中に、剣の遣い手がいることがわかっているからだ。

丹波屋の惨劇が発覚した時、家屋敷に残されていた亡骸《なきがら》は二十数体。匕首のような刃物で刺された者のほか、絞殺、斬殺と、さまざまな手口で命を奪われている。

特に斬殺された者は、ただの一太刀で倒され、その鮮やかな斬り口は、

「かなりの遣い手」

と見られ、検分した与力や同心たちを青ざめさせた。

盗賊どもが一気呵成《いっきかせい》に襲いかかり、外に悲鳴が漏れる間もなく息の根を止めておいてから、ゆっくりと金蔵をあさるやり口なのだが、残虐なだけに、生きた者がいると知れれば、命を狙う恐れがある。保護している生き残りは、笹山一味の手がかりをつかむ唯一の生き証人。ゆえに、診療所の表だけでも四人の警固が立つものものしさであった。

慎吾は警固の者に軽く手を挙げて労《ねぎら》い、診療所に入った。

警固の者がいては落ち着かないといって、華山は不機嫌であったが、生き残ったおなごから残虐な惨状を聞くうちに、不服を言わなくなった。

丹波屋の生き残りは、名をおさいという。

下女として働いていたが、夜中に厠に立っていて、難を逃れた。

庭に侵入してきた賊に気付き、縁の下に潜り込んで息を潜めたのだが、上で起きる惨劇に、耳を塞ぎ、口を塞いで、悲鳴をあげるのを必死に堪えたのだ。

倒れている者を上から貫いた刀が床を突き抜けてきて、肩に深い傷を負っている。命に別状はないが、傷がふさがるまでは、養生が必要だ。

慎吾は診療所に上がり、華山の手が空くのを待った。

患者が二人いるが、奥に通じる廊下の前には、二人の小者が警固している。

患者の一人は若いおなごで、着物の前をはだけて胸を診てもらっているが、小者は真っ直ぐ正面を向いて、真面目にお勤めをしていた。

作彦が鼻のしたを伸ばして覗こうとするので慎吾がおでこをたたいて引っ込ませ、呼ばれるのを待った。

患者が帰り、程なく、華山を手伝っているおかえが呼ぶ声がした。

慎吾は立ち上がって中に入り、おかえに顎を引く。

「邪魔するぜ」

文机に向いている華山のか細い背中に声をかけると、振り向いて微笑んだ。

「心配で見に来てくれたの」

「それもあるが、ちと話がしたい。今いいか」

「いいわよ。行きましょう」

作彦を待たせた慎吾は、五六蔵と三人で奥に行った。

華山が部屋に入り、慎吾が来たと告げた。

肩の痛みに耐えて起き上がろうとするおさいに、慎吾は慌てて言う。

「起きなくていい。横になってくれ」

おさいは申しわけなさそうな顔をして、仰向けになった。

華山が寝間着を整えてやり、布団を掛けると、おさいはありがとうと言って微笑んだ。

五六蔵が障子を閉めて下座に控え、慎吾は華山の横に正座した。

「どうだ、具合は」

おさいは力なく答える。

「先生のおかげで、熱は下がりました」

「飯は少しでも食べられたかい」

「はい」

おさいの様子を見ていた華山が、手拭いで額を拭ってやり、手首に手を当てて脈を診ていたが、慎吾に言う。

「長くは無理よ。まだ傷が塞がっていないうちは、身体に響くから」

「おう、わかった」

慎吾は、天井を見つめるおさいに問う。

「奉公人の梅吉を捜しているんだが、どこにも見当たらないのだ。行く当てを知っていたら教えてくれ」

おさいは首を横に振る。

「今考えてみますと、あたしとはそういう話をしていませんでした」

慎吾はそうか、と答えて、続けて問う。

「梅吉は、どんな人間だった」

「一言で言うと、優しい人でした」

「梅吉のほうが、先に奉公していたのか」

「いえ、あたしより一年遅く入ってきました。年が明けると三年目に入るって教えてくれた時の梅吉さんの嬉しそうな顔を思い出すと、辛いです。見つからないのは、怪我をさせられて逃げて、どこかで倒れているんじゃないでしょうか。大川にでも落ちていたら、可哀《かわい》そう過ぎます」

「心配する気持ちはよくわかるが、悪いほうには考えないことだ。もう一つ訊くが、梅吉が丹波屋に入ったのは、誰かの口利きがあってのことか」

「両国《りょうごく》の能登屋さんから紹介されたって言っていました」

「ほう、そうか」

おもよと同じ口入屋だと、慎吾は思った。

「ついでに教えてくれ。他に、能登屋の口利きで入った者はいたかい」

「いえ、梅吉さんだけのはずです。まじめでいい人を紹介してくれたって、旦那様が喜んでらっしゃいました」

「ふぅん。で、梅吉はどこの生まれだ」

「会津《あいづ》です。おうちはお百姓さんで、生活が苦しいから江戸に働きに出てきたと言っていました」

おさいが咳をしたので、華山が止めに入った。

少し話しただけで顔が青くなり、額に汗をにじませている。

「無理をさせてしまった。すまない、ありがとうな」

「いえ」

微笑むおさいに、ゆっくり傷を治してくれと言った慎吾は、部屋から出た。

後から出てきた華山が茶を淹れるというので廊下の先にある居間に入った慎吾は、遠慮なく長火鉢のところに座ると、羽織の袖に手を突っ込んで腕組みをした。下座に正座した五六蔵に言う。

「とっつぁん」

「へい」

「今、何を考えている」

「それは、その」

「その顔はどうやら、おれと同じことを考えているようだな」

五六蔵は慎吾の目を見てきた。

「旦那、信州と会津の百姓が兄弟ってのはなくもないでしょうが、従兄弟同士が仲良くするほど、頻繁に行き来できますかね」

「旅の行商でもあるまいし、まずできねえだろうな。その証拠に、おもよは梅吉と疎遠だと言ったんだろう」

「はい」

「どうやら、おれの考え過ぎだったようだ。おもよの憂いは、他に理由があるのだろう」

「あるとすれば、父親が死んだからじゃないですか」

「でもあの顔は、違うような気がする。悲しみよりも、深い悩みを抱えているようにしか見えなかったのだ」

　そこへ、作彦が慌てた様子で来た。

「旦那様、大川で死人が上がったらしく、梅吉かどうかおさいさんに見てほしいそうです」

　慎吾は立ち上がり、隣の台所に入った。

「華山……」

「だめよ」

「まだ何も言ってないだろう」

　お茶を淹れた華山が、湯飲みを折敷に置いて慎吾に不機嫌な顔を向ける。

「作彦さんの大きな声が聞こえたの。さっき見たでしょう。まだ動ける身体じゃないの」

すると作彦が、障子の端からぬっと首を伸ばして言う。

「あのう、骸《むくろ》は表に運ばれてきています」

慎吾が作彦のおでこをぴんと弾《はじ》いた。

「それを先に言え。華山、表まででならいいだろう」

「まあ、それなら」

納得したように言う華山の腕をつかんだ慎吾は、手を貸せと言っておさいの所へ連れて行った。

「おさい、こんな時にすまないが、死人の顔を確かめてくれ」

慎吾に言われたおさいは、恐れた顔をした。

「し、死人ですか」

「うむ。辛い役目をさせてすまんが、見つかっていない梅吉かどうか、確かめてほしいんだ」

「梅吉さん……」

小声で言ったおさいは、目を白黒させてうなずいた。

「わかりました」

「起きられるか」

「はい」

華山に手を借り、痛みに耐えながら立ち上がったおさいは、ゆっくりとした足取りで表の廊下に出た。

待っていた同輩の同心が慎吾にうなずき、戸板に載せられた骸に掛けられている筵に手をかけ、顔だけを出した。

おさいは見た途端に絶句し、足の力が抜けた。

華山を手伝っておさいを支えた慎吾は、手を震わせているおさいに問う。

「梅吉か」

「はい」

声を出したと同時に、おさいの目から涙がこぼれ落ちた。

「辛い思いをさせて悪かった。もういいから休んでくれ」

「行きましょう」

華山が促すと、おさいは支えられたまま、物言わぬ梅吉に痛くないほうの手を立てて拝んだ。

部屋に戻るおさいを見送った慎吾は、庭にいる同い年の同輩に顔を向けた。

「田崎《たざき》、梅吉は斬られたのか」

田崎は渋い顔で言う。

「背後からぶすりとやられている」

「どう思う」

「詳しく見たわけではないが、逃げている時に追い付かれたにしては、無防備のように思える」

「引き込み役と睨むか」

「断定するには、まだ早かろう」

慎吾は同輩の意見にうなずいた。

「では、そこのところを調べる必要があるな、とっつぁん」

「へい」

「おれは田崎と能登屋を調べる。とっつぁんは、すまねえがおもよを見張ってくれ」

五六蔵は驚いた。

「旦那、おもよをお疑いで？」

「疑いたくはないが、梅吉と同じ能登屋の口利きで店に雇われているのがどうにも気になる。勘に頼ると御奉行に叱られるかもしれんが、これまでまったく見えなかった賊の影が見えたような気がしてならんのだ。おもよの父親のことも、調べた方がいいかもな」

「でも旦那。おもよの父親は死んでるんですぜ」

「見たわけじゃないだろう」

「まあ、そうですが」

「そこのところも、確かめてくれ」

「がってんだ。では、手前はお先に」

深川に帰る五六蔵と別れた慎吾は、田崎と能登屋を調べにかかった。

第三章　悪党の娘

一

北町奉行所の詰め所に、杖《つえ》をついた田所《たどころ》が出仕してきた。

書類に没頭していた慎吾《しんご》は、おい慎吾、と田所から声をかけられてようやく気付き、立ち上がった。

「田所様、もうよろしいのですか」

田所は難しそうな顔で言う。

「皆が励んでおるのに、これしきのことで寝てはおれん」

強がっているが、身体《からだ》が腰を起点に右にくの字に曲がり、歩くのも辛《つら》そうだ。

中間《ちゅうげん》の竹吉《たけきち》が中まで入り、慎吾にぺこりと頭を下げると、文机《ふづくえ》の前に座る田所の身体を支えた。

田所は顔を歪《ゆが》めて歯を食いしばり、やっと正座した。安堵《あんど》の息を吐いて竹吉に杖を渡し、文机に両手を置いた。

「慎吾、お前一人か」

「たった今、皆様探索に出かけられました」

「そうか」

慎吾は火鉢に置いてある茶瓶を取り、田所が愛用している湯飲みに注いだ。

「お茶をどうぞ」

「うむ、すまぬ」

目を細めて茶をすすった田所は、うっ、と短い声をあげて背筋をぴんと伸ばした。やけに姿勢がいい。

「無理をなさらず、横になってください」

「こうしているほうが楽なんだ。それより、笹山《ささやま》一味のことはどうなっておる。なんぞ手がかりが見つかったか」

慎吾はため息をついて首を横に振る。

「これといった物は、まだつかめておりません」

「竹吉から聞いたが、両国《りょうごく》の口入屋はどうであった。殺された梅吉《うめきち》のことで調べたんだろう」

「ええ。すぐ入ったのですが、能登屋《のとや》は三月《みつき》前に店を畳んでおり、もぬけの殻でした」

田所は眉間に皺を寄せて、おもしろくなさそうな顔をした。

「そいつは、どうも臭うな」

「それがしもそう思い、田崎《たざき》と手分けをして近所の聞き込みをしました。能登屋のあるじは独り者のようでしたが、近所付き合いもよく、商売も繁盛していたようです」

「繁盛しているのに店を畳むとは、ますます怪しいな」

慎吾は書類の束を見せた。

「今、落着していない盗みの事件をすべて見なおしていたのですが、笹山の閻僧《えんぞう》の仕業と思われる店は、いずれも口入屋の口利きで奉公人を雇っています。ただ能登屋が関わっているのは、三軒だけですが」

田所は鋭い目を向けた。

「名を変えていると、見ているのか」

慎吾はうなずく。

「今こうしているあいだも、能登屋の元あるじは、どこかの町で口入屋をはじめているかもしれません」

「江戸中の口入屋を当たり、能登屋の元あるじを捜し出すしかあるまいが、日にちがかかる上に、慎吾の読みが外れていれば、大きな遅れになりかねぬ」

「それに、たとえ賊の一味だとしても、まっとうな者も商家に紹介していますから、口を割らなければどの店に狙いを定めているかわかりません」

「そのあいだに、次の仕事をされたらまずいことになる」

慎吾はうなずき、書類を示して言う。

「これを見る限り、皆殺しにする他は、同じ手口ですね」

「うぅむ、そこよ。鮮やかな手口で殺さずの盗みをしていた笹山一味が、今になって何ゆえ、急ぎ働きを繰り返すようになったのだ」

「急な大金が、いりようになったのでは」

「あるいは、仲間割れか」

「と、おっしゃいますと」

「神田の丹波《たんば》屋以外の店にも能登屋の口利きで引き込み役を入れていたかは、店の者が皆殺しにされているため調べようがない。だが、丹波屋に入っていた梅吉とやらが引き込み役であったなら、殺される理由はただ一つ、引き込みをさせて用済みになったところで」

田所が刃物を突く真似《まね》をした。

慎吾が訊《き》く。

「梅吉は、人を殺《あや》めないほうの派閥だったということですか」

田所は厳しい目を慎吾に向ける。

「仲間割れが生じているなら、あり得る。引き込み役の梅吉は、疑われぬために押し込む間近まで一味の者と会わなかったとすれば、仲間割れが生じていることを知らなかったかもしれぬ」

「一味の誰かが、笹山の闇僧の名をかたっているとおっしゃいますか」

田所はうなずいた。

「わしの読みが当たっておれば、そいつは闇僧に近い者であろうな」

思いもよらぬことに、慎吾は慌てた。

田所は探るような目をした。

「どうした。何か思い当たることでもあるのか」

誤魔化せぬ相手だと知る慎吾は、梅吉と縁があるというおもよのことを、かいつまんで話した。

すると田所は、腕組みをしてしばし考え、難しそうな顔で言う。

「そのおもよとやら、とんだ女狐《めぎつね》やもしれぬのう」

やはりそうきたかと思う慎吾は、田所の意見を求める。

「もしそうだとしたら、おもよの命も危ないってことですか」

「あくまで、能登屋と笹山の一味が繋《つな》がっていたらの話だ」

「おもよは、引き込み役でしょうか」

「まだ断定はできぬが、用心のために見張ったほうがよいかもな」

「そちらはぬかりなく、すでに見張りを付けております」

田所は微笑《ほほえ》む。

「ほほう。なかなか鋭い勘働きだ」

「無駄に終わってくれればと、思っていますが」

慎吾は、おもよの優しい笑顔が目に浮かび、自分の勘が、外れていることを祈った。

詰め所の入り口に小者が入ってきた。

「夏木《なつき》様、深川《ふかがわ》の五六蔵《ごろぞう》が表に訪ねてきております」

同心に手を貸しているにすぎぬ岡っ引きは、奉行所にはめったに顔を出さぬ。深川では泣く子も黙る五六蔵といえども、奉行所に出張るとなるとは、よほどのことであった。

急いで表に出ると、五六蔵は門の端に寄って小さくなり、しきりにあたりを見回している。

「とっつぁん」

「うわ」

目の前で飛び上がるように振り向く五六蔵に、慎吾は目を見張った。

「こっちが驚くぞ。取って食われそうな顔をしてどうした」

　五六蔵は苦笑いをした。

「手前はどうもその、奉行所というやつが苦手でして、へへ」

　声まで大人しくなっている五六蔵に、慎吾は笑った。

「十手《じって》が泣くぜ」

「まったくもって、お恥ずかしい」

「前から訊こうと思ってたんだが、十手を預かる身なのにどうして奉行所を恐れるんだ」

　五六蔵は一度目を横にそらして、はぐらかすように笑いながら言う。

「恐れちゃいませんや。手前はただその、なんと言いますか、癖というかその、どうも、苦手なんでございますよ」

「癖だと？」

「そんなこと言いましたかね？」

　とぼけた顔をする五六蔵に、慎吾は鼻で笑った。

「まあいいや。それで？　何かあったのか」

「そうでした。ええ、大ありです」

「よし、中でじっくり聞こう。入れ」

「旦那、ご勘弁を。むらくもはいかがです」

そば屋に誘うのなら深刻な話ではなさそうだと思い、慎吾は無理強いをしなかった。

「支度をしてくるから待っていろ」

そう言って詰め所へ戻り、田所にはたいした話ではなさそうだから探索に出るついでに聞くと言い、刃引きされた同心刀を帯に差して表門へ走った。

作彦《さくひこ》と五六蔵と共に大川を渡った慎吾は、深川佐賀町《さがちょう》にあるむらくもの暖簾《のれん》を潜《くぐ》った。

小女《こおんな》のおすみが、心得ていますよ、という具合に店の奥の小上がりに通してくれた。

奥といっても、店に出入りする客の姿がよく見える場所で、逆に、客の目に付きにくい。何よりこの場所は、表を行き交う人に目を配れるのがいい。

温かいお茶が入った湯飲みを三つ置いたおすみが、明るい顔で言う。

「慎吾の旦那は、鴨南蛮《かもなんばん》でよろしいですね」

「頼む」

「親分さんは、何になさいます」

「そうだな、ねぎそばをもらおうか」

「あい」

おすみは作彦に、注文を聞く顔を向けた。

壁に掛けてある品書きを見ていた作彦が言う。

「ええっと、盛りを二枚、いや、三枚」

「あいあい」

跳ねるように歩んで行くおすみの背中を見送った五六蔵が、奉行所にいた時に見せた不安そうな面持《おもも》ちを消し、厳しい顔で言う。

「旦那、千住《せんじゅ》の、おもよの父親のことですがね。六月《むつき》も前に、病で死んでいます」

慎吾は渋い顔をした。

「それがほんとうなら、おもよは嘘《うそ》をついたことになる。間違いねえか」

「ええ、墓も見てめぇりやした。名主が葬式に出ておりやすんで、間違いねえかと」

「ほう、村人の葬儀にな。名主は、なかなかの人物なのだな」

「それがですね。おもよの父親は、かなり、こっちに物を言わせていたようで」

五六蔵が指を丸めて、銭の形を作った。

名主本人からでなく、奉公人に酒を飲ませて仕入れた話では、かなりの付届けを受けているらしい。信州《しんしゅう》の家と土地を売った金だそうだが、

「銭どころか、帯付きの小判二十五両を二つ並べているのを見たそうです」

それも、一度や二度ではないという。

「ふぅん。豪農でも、そこまでの金をぽんぽん人にやれぬぞ。怪しいな」

「ええ。それからまだありやす」

「なんだ?」

「暮らしぶりは粗末なものだったそうですが、十五年前には、息子をどこぞの養子に入れているそうですぜ」

「どこの養子だ」

「そこまではわかりませんでしたが、相当な金を積んだんじゃねえかと、当時は噂《うわさ》

になっていたそうで」

「金を積んで養子に入れるとなると、武家か」

「そこんところを、金五郎《きんごろう》が言わなかったもんだから、誰も知らねぇので。倅《せがれ》の名前は、忠治《ちゅうじ》というそうですが」

慎吾はぴんときた。

「とっつぁんまさか、倅が二代目を引き継いだってことはねえだろうな」

「実は手前も、そう思いやした。倅が二代目におさまったせいで、手口が変わったのかもしれやせんね」

五六蔵が否定しないことに、慎吾は戸惑う。

先ほどからじっと顔色を見ていた作彦が声をかける。

「旦那様、どうなさったのです」

慎吾は作彦を一瞥《いちべつ》し、下を向いて言う。

「とっつぁん。ひょっとすると、ひょっとするかもな。おもよのことだ」

五六蔵は作彦と目を合わせた。

作彦は心配そうだ。

五六蔵が慎吾に言う。

「旦那、手前の勘ぐりにすぎやせんから、まだ金五郎が笹山の闇僧と決まったわけじゃありませんぜ」

慎吾は一つため息をついた。

「考えたくもないが、おもよに目を配る必要はある」

「旦那様、気を落とされてはいけませんよ」

「二代目笹山の闇僧か……」

作彦の声が耳に届かぬ慎吾は、腕組みをして考えた。おもよが引き込み役だと疑いたくはないが、同心の性《さが》が、それを許さないのだ。

そこへ、お盆を持ったおすみが来た。

「はい、お待ちどおさま」

慎吾の前に鴨南蛮を置き、

「今日もいいのが入りましたから、美味しいですよ」

そう言って、箸を渡してくれた。

慎吾は考えるのをやめて、どんぶりを見る。

鴨肉が五枚並び、焦げ目が付いた白ねぎが添えられている。

「旨《うま》そうだ」

脂がたっぷり乗った鴨肉を箸でつまみ、口に運ぶ。

醬油《しょうゆ》味の出汁《だし》がよく染みていて、脂がとろっと溶けるのに、肉の歯ごたえがしっかりと残っている。

「うん、これは旨い」

作彦の前に盛りそばを三枚置いたおすみが、よかった、と言い、お盆を胸に当てて微笑む。

「ごゆっくり」

そう言って、入ってきた客の対応に行くおすみを横目に、慎吾は言う。

「とっつぁん、旨いから一つ食べてみな」

「いえ、手前は、あっさりがいいので」

「なんだ、調子でも悪いのか」

「それがその、昨夜名主のところの奉公人を酔わすのに付き合っていたら、手前まで二日酔いになっちまって、へへぇ」

奉公人が酒豪だったらしく、二人でかなり飲んだらしい。

その時に食べたのが、猟師が鐘《かね》ヶ淵《ふち》で仕留めた鴨だったとかで、たかが居酒屋、されど居酒屋。店主の老翁が腕によりをかけた鴨料理に舌鼓を打った五六蔵であった。

二

平穏な時が流れ、今年も残すところ六日となった。今朝の江戸は雲一つない、真っ青な空が広がっていた。

近頃雨が降らないせいで、江戸の町は北からの空っ風に吹かれて埃《ほこり》っぽい。吹き上がる塵《ちり》で霞《かす》む深川の町を望みながら、慎吾は作彦を連れて永代橋《えいたいばし》を渡った。橋詰を右に曲がって相川町《あいかわちょう》を歩んでいると、おもよが塩屋の表に出てきて、中に向かって頭を下げたのが目にとまった。

店の使いで来たのだろう、番頭らしき男と言葉を交わして、大島町《おおしまちょう》へ戻ろうと背を返した時、通りを歩く男と肩がぶつかり、

「きゃっ」

持っていた品を落としてしまった。

「気をつけなよ」

ぶつかられた商人風の男が、迷惑そうに言い残して立ち去った。

慎吾は、ごめんなさいと頭を下げるおもよの横で、落とした風呂敷包みを拾った。

土埃を払って渡してやると、気付いたおもよが目を見張った。

「あ、ありがとうございます」

「怪我《けが》はないかい」

「はい」

明るい笑顔を向けるので、慎吾は照れくさくなって、じゃあな、と言ってその場から去ろうとした。

「あの……」

声をかけられたので振り向くと、おもよは神妙な面持ちとなっていた。

引き込み役のことか、と脳裏をかすめた慎吾であるが、そちらの憂いはおくびにも出さず身体を心配した。

「やっぱりどこか痛むのか」

「いえ、ちょっと、ご相談が」

慎吾は一瞬だけ作彦と目を合わせ、おもよに問う。

「おれにかい？」

「…………」

おもよはこくりと顎《あご》を引く。

慎吾はその時、おもよの背後にある店の軒先で身を潜める、下っ引きの伝吉《でんきち》の存在を認めた。

まさか、尾行がばれたか。

怪しい男に付きまとわれているというのかもしれぬと思った慎吾は、おもよにわからぬよう伝吉に目配せして、一旦さがらせた。

「それじゃ、甘酒でも飲みながら聞こうか」

すぐそこの甘酒屋に入ると、三つ注文して奥の小上がりに座った。作彦は隣に上がり、慎吾と背中合わせに座った。

こうして向き合って見ると、おもよは実に、美しい。

うつむき加減の顔は、眉も程よい濃さで、鼻筋がすっと高く、色白だ。髪も乱れなくきちんと結われ、赤珊瑚《あかさんご》の簪《かんざし》がよく似合っている。

無地の藍《あい》染の着物から覗《のぞ》く手は、恥ずかしそうにもじもじとしているが、水仕事をするせいか、少し赤みがかっていた。

慎吾は何より、おもよの唇に目を奪われた。小さくて桜色の唇はぷくりと厚みがあり、艶やかで柔らかそうだった。

見ているだけで頭がぼうっとしてきて、呆《ほう》けたようになっているところへ、おもよが顔を上げたものだから、慎吾はぎくりとして、我に返った。

「あのう」

「はい」

声が間抜けに裏返ったのを聞いて、作彦が吹き出した。

店の老婆が甘酒を持って来て、

「あいよぅ、甘くて美味しいよぅ」

震える手で台に置いて行った。

黒い焼き物の湯飲みの中で、甘酒の米の粒が動いている。

慎吾は一つ取り、おもよの前に置いた。

「冷めないうちに飲みな」

「はい。いただきます」

おもよは素直に湯飲みを取り、一口飲んだ。

「ほんとだ、甘くて美味しい」

「ここは初めてかい」

「はい」

「そいつはよかった。婆《ばあ》様の甘酒は、大川の向こうまで聞こえているんだぜ」

「美味しいですものね」

場がゆるんだところで、慎吾が切り出す。

「話っていうのはなんだい」

途端に、おもよの表情が緊張した。

慎吾は黙って、おもよが口を開くのを待った。

おもよは、両手で包み込んだ湯飲みを見ながら言う。

「実は、お店の旦那様から、啓太《けいた》さんの嫁になってくれと言われたのですが……」

「お、おお、そのことなら、前に聞いたぜ」

　おもよは顔を上げた。

「どうしたら、いいと思われますか」

「え？」

　潤んだ眼《め》で見つめられて、慎吾はたじろいだ。

「どうしたらって、訊かれてもな……」

　おもよの目を間近で見ると心の臓が鼓動を速め、頭がくらくらする。

「あたしは……」

　慎吾を見つめるおもよは、今にも泣きだしそうな顔になった。

「あたしは、その……」

　何かを決意したような目であったが、ふっと、糸が切れたように、下を向いてしまった。

「いやなのかい、啓太と夫婦になるのが」

　慎吾は、いやだと答えたらやめればいいと言うつもりだったが、おもよは何も言わずに黙り込んだままだ。

沈黙が続く中、作彦が後ろから覗き込む気配があったが、慎吾は気にせずおもよを見つめていた。

もし、おもよの父親が笹山の闇僧で、引き込み役として松元《まつげん》に忍び込んでいるなら、あるじと倅の好意は、胸が痛いはずだ。

おもよは悪行ができるような娘じゃないと思っている慎吾は、間違いであってくれと、胸の中で念じた。そして、話を悪事からそらそうとした。

「おもよ」

「はい」

「いいんじゃないか。うん、おれは、いい縁談だと思う」

もやっとした気持ちを押し込めて言うと、おもよは、はっとしたような顔をした。

そして、哀《かな》しげな目で見つめる。

「ほんとに、そう思われますか」

慎吾は、なんだか妙な気分になってきた。

相談とは、引き込み役のことではないのかもしれぬと思い、

「ええ?」

素っ頓狂な声が出た。

おもよは戸惑ったような面持ちで湯飲みに眼差《まなざ》しを下げていたが、慎吾の目を見てきた。

「いいのでしょうか。啓太さんと、一緒になっても」

迫るように訊かれて、慎吾はすっかり舞い上がり、言葉に詰まった。

後ろにいる作彦が、

「鈍いねぇ、旦那様も」

呆《あき》れて言ったのが耳に届いたものだから、慎吾の勘違いは、ますます深まった。

おもよは、育ての父が笹山の閻僧で、自分が引き込み役を強要されていることと、啓太を想《おも》う気持ちの狭間で苦しんでいて、思い切って、慎吾にすべてを打ち明けようとしたのだが、恐ろしくて、どうしても、言い出せなかったのだ。

だが、慎吾に、いいんじゃないかと言われて、おもよのこころは決まった。

うんとうなずいて、明るい顔をすると、

「わかりました。では、旦那様のお話を、お受けします」

甘酒をぐっと飲み干し、礼を言って帰っていった。

乙女心を見抜けぬ慎吾と作彦は、ただただ黙って、見送るのであった。

作彦が正面に座りなおして言う。

「旦那様、ほんとによろしかったので」

「何が」

「ですから、おもよちゃんですよ。あれはきっと、旦那様にほの字ですよ」

「本気で言ってるのか。見廻《みまわ》りで立ち寄った時に、二度か三度ほど顔を見ただけだし、口をきいたのも、今日が初めてのようなものだぞ」

「わかっちゃいませんね旦那様は。乙女というのはですね、夢を見るのだそうでございますよ。ああ、あのお方は、なんていい人なんだろうと思った刹那に、身体が痺《しび》れたようになって、あのお方のお嫁になりたいとか、思うのだそうで」

慎吾は笑った。

「誰の受け売りか知らないが、ただの勘違いだ」

「そうでございますかね。美都屋《みとや》の姐《あね》さんは、そう言ってましたが」

「馬鹿。商売女の言うことをいちいち真に受けていると、痛い目に遭うからやめておけ」

「そうでございますかね」

首をすくめる作彦だが、目は笑っていた。

「もう言うな」

拒む慎吾だが、こころの中では、おもよの潤んだ目を思い出し、胸が昂《たかぶ》っていた。

おもよに特別な想いを抱きはじめているのだが、その方面に関してはまったくもって疎い慎吾は、自分の本心にまったく気付いていないのだ。

三

本所《ほんじょ》の東を流れる横川の対岸には、小梅村《こうめむら》の田畑が広がっている。

小梅村側の川沿いの一角を占めるのは、遠江《とおとうみ》横須賀《よこすか》藩三万五千石の広大なお抱地《かかえち》。

そこから南側にくだったところに、敷地を竹垣で囲った寮がある。

土地の者たちのあいだでは、

「得体の知れぬ、不気味な」

と噂されるほど、何者の寮なのか誰も知らぬ。

外から見たのでは、中に人がいるもいないもわからぬし、たまに町人風の男が出入りし、時には、豪華な乗物が門の中に入って行く。

今宵《こよい》は、その豪華な乗物が、門の中に置かれていた。そして、閉め切られた雨戸の中で、一本だけ灯《とも》された蠟燭《ろうそく》の頼りない明かりの下で、二人の男が膝を突き合わせている。

日が暮れた頃から北風がさらに強くなっていて、雨戸がかたかたと音を立てている。

ちらっと雨戸に目を向けた町人姿の男が、

「白い物が降らなければいいですな」

機嫌をうかがうように言い、銚子《ちょうし》を向けた。

盃《さかずき》を差し出した男が、糸のように細い目の奥で眼光を鋭くする。

「例の店には、いつ押し込むのだ」

「年内には、必ず」

「まさかに、盗み取った金が旗本の屋敷にあろうとは、奉行所も気付くまい」

「まったくで」

「これをもって、しばらく江戸を離れよ。金は、皆で山分けにしようぞ」

「若、この忠治めのこと、よろしゅうに願いますよ」

「忠治か、ふふ。こなた、その名をすっかり我が物としたな」

「先代がおつけになった名ですから、大事にいたしておりやすよ」

「ふ、ふふ。仕事のやりかたは、闇僧がもっとも嫌うものであるが、な」

「先代の下で長年にわたって我慢してきたのですから、年貢を納める時ぐらい、好き勝手にやらしていただきやすよ。その方が、稼ぎがいいですしね」

「稼ぎだけではあるまい。若いおなごの肌身を味わっておるとの噂を聞いておるぞ」

「殺さず、犯さずの掟《おきて》を守ってきた揺り返しでございますよ。若い者が、昂ぶる気持ちを抑えられぬようで。それに……」

「……何じゃ」

「新しく雇った先生が、新刀の切れ味を確かめたいといって聞かぬので」

「その者、杉原《すぎはら》とか申したな」

「はい」

「武州《ぶしゅう》の浪人というが、剣の腕はどうなのじゃ」

「それはもう、恐ろしいまでのもので。神田のおつとめの時は、相手の用心棒二人をすぱっと、一撃でお斬りに」

「ほう。その者、ここにおるのか」

「へえ、奥で休んでおいでで」

「うむ。これへ呼べ。わしが盃を取らす」

「へ、へへぇ」

呼ばれた浪人が現れると、男は笑みを浮かべて迎えた。

「忠治、そちはもうよい。下がっておれ」

「はい？」

「刀を手挟む者同士、この男が浪人になった経緯などを訊きたいと思うてな。そちがいたのでは、話し辛かろう」

忠治はいぶかしむ。

「訊いて、どうなさるおつもりで」

「場合によっては、わしの家来にするつもりじゃ」

「さようで。先生、ようございましたね」

杉原は忠治を見もせず、強面《こわもて》を崩さず男を見ている。

無視された忠治はばつが悪そうな顔をして、男に言う。

「では、ごゆっくり」

「うむ」

男は、忠治が下がるのを横目で追い、杉原に銚子を向ける。

「さ、一杯やれ」

盃を差し出す杉原に、男は不敵な笑みを浮かべた。話そうとしたところ、杉原が手で止め、刀を持って抜刀するやいなや、背後の襖《ふすま》に突き入れた。

そのまま、ゆるりと開けると、尻餅をついた忠治が、引きつった顔で笑っている。

「おい忠治。盗み聞きをするとは何ごとだ」

男が笑みを含めて叱ると、

「へい、あっしもその、先生に興味があったもので。し、失礼しやした」

顔を引きつらせたまま言いわけし、別室に下がった。

ふたたび膝を突き合わせた杉原と男は、ひそひそと何やらささやいていたが、半《はん》刻《とき》（約一時間）もせぬうちに終わり、男を乗せた乗物は、寮の門から帰っていった。

四

伝吉は、寒空の下で道端に座り、物乞いをする真似をして料亭松元を見張っていた。

通りを行き交う人を眺めて二刻（約四時間）が経《た》つが、端が欠けた木の椀《わん》には、一文の銭も入っていない。

今のご時世、どこも懐が寒いのだと思っていると、道を駆けて来る下駄《げた》の音がした。

赤い鼻緒を見て目を上げた伝吉は、顔には出さぬが、胸のうちでぎょっとした。

その後、慎吾の命で見張りが解かれ、昼過ぎになって浜屋《はまや》に戻った伝吉は、目に涙をためて慎吾に訴えた。

「旦那、おもよちゃんを疑うとは、勘働きが悪すぎますぜ」

即座に五六蔵が言う。

「こら伝吉、旦那になんて口をききやがる」

伝吉は不服そうな顔をした。

「だってほんとうだもの」

慎吾は叱ろうとした五六蔵を止め、伝吉にわけを訊いた。

どうやら、ぼろを着て座っている伝吉の前におもよが駆け寄り、店に内緒で、むすびを三つと、温かい味噌汁《みそしる》を渡してくれたらしい。

慎吾はおもよの優しさを知って、思わず顔がほころんだ。

「そうか、おもよが恵んでくれたのか」

「おいら、あんなにうめぇむすびを食ったのは初めてですよ」

伝吉は感動して、すっかりおもよのとりこになったようだ。

五六蔵がにやにやして、おもよは悪いことをするような娘じゃねえですよ、と言いたげな目を、慎吾に向けてきた。

作彦は、慎吾と五六蔵を順に見て言う。

「親分、旦那様の顔を見てください。十分にわかっておいででございますよ。何といっても……」

「作彦、余計なことを言うな」

「へい」

止められて口を噤《つぐ》むのを見た五六蔵が、慎吾に探る目を向ける。

慎吾は眉間に皺を寄せた。

「なんだ」

「いえなんでも。まあ、あれだけの器量ですから」

五六蔵がにやにやしていると、伝吉が口を挟んだ。

「もしかして旦那、見張りを解かれたのは、ははん、そういうことですか」

慎吾は眉間の皺を深くした。

「伝吉、何が言いたいんだ」

「おもよに惚《ほ》れたのじゃないですか」

慎吾は目を見張った。

「お前と一緒にするんじゃない。おれはな、お前たちが何もないと言うから、おもよを見張る必要がないと思っただけだ」

何を言っても伝吉と五六蔵がにやけるので、慎吾は首筋が熱くなった。

「ば、馬鹿野郎。おもよはな、啓太と夫婦になることが決まったようなものだ」

「ええ！」

伝吉と五六蔵が同時に驚きの声をあげた。

五六蔵が訊く。

「旦那、そいつはほんとうですか」

「おもよ本人から聞いたことだ。人の物になるのを知っていて、惚れたりするものか」

慎吾の言葉に五六蔵と作彦は顔を見合わせ、肩を落としてため息をついた。


いっぽう、疑いが晴れたおもよは、平次《へいじ》がぱったりと来なくなったこともあり、幾分か、こころの落ち着きを取り戻していた。

年の瀬も迫り、客足も落ち着いてきたので、店は昼過ぎには一旦閉められ、一年の締めくくりの掃除をはじめていた。

まるで見ていたかのように、煤払《すすはら》いの竹売りがやって来たのは、おもよが表の掃除を手伝っていた時だ。

店の手代《てだい》が、軒の埃を払うために上った踏み台を押さえている時、

「煤払いはいかがかえ」

唄《うた》いながら近づき、

「旦那、これだと掃除が楽になるよ」

掃除に励んでいる手代に売り込む。

手代は下を見て言う。

「ああ、うちは間に合っているから」

おもよが、手代に笑みを向けている平次の横顔に驚いて、真っ青になっている。

お構いなしの平次が、

「そうおっしゃらずに、試しにこいつを使っておくんなせぇ」

銭はいらないと言って、おもよに煤払いを渡し、同時に、小さく折った文をにぎらせた。その時、おもよを見る平次の目は刺すように鋭かった。

手代が下りてきた。

「いいのかい。すまないね」

「ええ、いいですとも。その代わり、お気に召したら次は買っておくんなせえ」

「商売上手だね。わかったよ」

「お願いします」

喜ぶ手代に見送られて、平次は人混みの中に消えて行った。

「おもよちゃん、ここはいいから、板場を手伝ってやりなよ」

手代に応じたおもよは、煤払いを渡した。焦る気持ちを勘づかれないよう中に入り、人がいない場所で文を開けて見た。

辛そうに目を閉じたおもよは、あたりを見回した。そして、飾られるのを待っている正月飾りを取り、紙で作られた鶴を引きちぎった。

女中頭のお千沙《ちさ》を捜し、歩み寄る。

「あの、あたし、とんでもないことを」

掃除の指図をして忙しく働いていたお千沙が手を止めた。

「どうしたのさ」

「お正月の飾り物を、間違って壊してしまいました。すぐに、買ってきます」

「縁起でもないわね。でも壊れたものは仕方ないわよ。八幡様にはまだあるから、急ぎな。ちゃんとお祓《はら》いしてもらいなさいよ」

おもよは頭を下げて、外に駆け出た。

その顔は厳しく、何かをふっきり、意を決しているようである。

浜通《はまどお》りを八幡様のほうとは反対に走り、文に示されていた、観音堂へ向かった。

お堂の前に来ると、

「こっちだ」

平次が裏から顔を覗かせて、手招きをした。

おもよが裏に回って行くと、平次がまとわり付くように下から上に目を走らせ、
薄笑いを浮かべた。

「今日こそは、絵図をいただけるんだろうな」

「いえ……」

平次は舌打ちをした。

「何をぐずぐずしてるんだい。お頭はな、今日もらえなかったら、押し込むとおっしゃっているんだ。店の者の命がどうなってもいいのか」

おもよは平次を睨《にら》んだ。

「お頭って、誰のことかしら」

「なんだと？」

「あたし、千住の家に行ったんです。おとっつぁんは、亡くなったんじゃないの」

「そ、それは、おめえ」

平次は目を泳がせた。

「あたしを騙《だま》していたのね、平次さん」

「…………」

「おとっつぁんの名前を使って、酷《ひど》いことしているんでしょう」

詰め寄ると、平次は白を切る面持ちを背けた。

「やっぱりそうなのね。あたし、奉行所に訴えます」

踵《きびす》を返して歩みを進めると、平次が追ってきた。

「まあ、待ちねぇ。奉行所にばれたら、兄さんが獄門になるんだぜ」

言われて、おもよは立ち止まった。

平次が肩をつかむ。

「おめえも知ってるだろう。お頭には、忠治って名の息子がいることをよう」

「だから、どうしたと言うのです」

おもよは肩をつかむ手を振り解《ほど》いて後ずさる。

平次は歩み寄り、おもよは観音堂の柱に背中を当てて、逃げ場がなくなった。

平次が悪い顔で言う。

「継がれているのさ、二代目をよ」

「では、近頃の押し込みは、その人がやったのですか」

「まあ、そういうことだ」

「よくも、頼介《よりすけ》さんを……」

「そういやぁ、あいつは、おめぇさんとは仲が良かったな。奴《やつ》も素直に応じてりゃ、死なずにすんだんだ。おめぇさんも、二代目の言うことに従ったほうが、身のためだぜ。前のお頭に育てられた恩を、兄さんに返したらどうだい。ええ」

「兄さんなんて知りません。あたしが拾われた時には、もうよその家に養子に入っておられましたから」

平次は鼻で笑った。

「いい子ぶっても無駄なことだ。どれだけ店でちやほやされても、おめぇは、お頭が盗んだ金で育ったんだ。所詮、悪党の娘なんだぜ」

悪党の娘という言葉は、鋭利な刃物のように、おもよの胸に深く突き刺さった。

「違う、違う違う」

何度もかぶりを振り否定するおもよの動揺に、平次はほくそ笑む。

「いくら抗っても無駄なこった。おめぇは、二代目のために働き続けるしかねぇ」

おもよは、平次を睨んだ。

「店には指一本触れさせない。これから帰って、すべて話します」

「おっと」

行く手を遮られたおもよは逃げようとしたが、回り込まれた。

平次は、ふざけた笑みを消し、恐ろしい形相《ぎょうそう》になった。

「言うことを聞かねえのなら、生かしちゃおけねえ」

いきなり腕をつかまれたおもよは、必死に抗った。

「放して、誰か！」

「へへ、叫んだところで、誰も来やしねえさな」

おもよが手を振り解《ほど》こうとしたところへ、鳩尾《みぞおち》を拳で突かれ、気を失った。

倒れるのを肩に担ぎ、お堂の裏で首を絞めてしまおうと運んだ平次であったが、もみじの落葉の上に仰向《あおむ》けになったおもよの着物の裾がめくれているのを見て、気が変わった。

「殺すにゃ、惜しいや」

露《あら》わになった白い足に手を当てて、若い身体を我が物にしようとした時、

「うっ」

雷にでも打たれたようにびくんとのけ反り、白目をむいて気を失った。

おもよの上にのしかかるところだったが、

「おっと、きたねぇ身体をくっ付けるんじゃねぇ」

襟首をつかまれて引き離され、だらしなく仰向けになった。

棒手振《ぼてふ》りの棒を地面に突き、鼻息荒く仁王立ちしたのは、夏木家下僕の、嘉八《かはち》だ。

八丁堀界隈《はっちょうぼりかいわい》で汁粉を売り終えて、昼からは正月の羽根突き用の羽根玉を売りながら、深川まで足を延ばしていたのだが、たまたまお堂の前を通りかかった時に、悲鳴を聞いたのである。

気を失っている娘の裾をなおしてやり、お嬢さんと呼びながら頬を軽くたたいてやると、気が付いた。

おもよは目を丸くしたが、助けられたと知り、何度も頭を下げて礼を言った。

「いいってことよ。それより、悪党を番屋に運ぶから、案内してくれるかい」

慎吾が探索している盗賊の仲間だとは露ほども思わぬ嘉八は、若い娘に悪さをしようとしていた男の手足を縛り、棒手振りで鍛えた肩に軽々と担ぎ上げて、番屋に運んだ。

おもよは番屋の役人に、襲われそうになったとだけ告げて、店の名と自分の名を正直に教えると、ようやく解放され、嘉八に礼を言って帰った。

嘉八は、八丁堀の夏木家に仕える者だと身の証《あかし》を立てた。

「あれま、それを先に言ってくれなきゃ」

役人たちは親しみを込めて言い、茶を飲めだの菓子を食えなどと下にも置かぬ。

おまけに町役人の一人が、残っていた羽根玉をすべて買い取ってくれたので、嘉八は気分よく、

「今日はいい日だ」

と言い、いつもより早めに帰宅した。

五

この日の夕方、慎吾は久々に帰宅した。着替えと、賊どもが動き出す夜半の見廻りに備えて、軽く休むためだ。

おふさが機嫌よく夕餉《ゆうげ》の支度を調えてくれ、煮物や鯖《さば》の塩焼きをおかずに腹を満たした慎吾は、我が家の布団に潜り込み、束《つか》の間《ま》の眠りを貪った。

その頃作彦は、おふさと嘉八の居間に上がり込み、世間話に花をさかせながら夕餉を共に食べていた。

嘉八がお堂でのことを少しだけ話したところで、おふさが口を挟んで話の腰を折り、世の中が物騒だから慎吾がお疲れだとか、目の下に隈《くま》ができているだのと心配する。

「こんな暮らしが続いたんじゃ、旦那様は身体を壊してしまうよ。ねえ作彦さん、そう思うだろう」

作彦は少しの鯖の身でご飯を口いっぱいに頬張ったばかりで、箸を振りながら口を動かしている。

「なんだって？　何言ってるのかわからないよ」

おふさに湯飲みを渡され、作彦はお茶で流し込んだ。そして言う。

「お役目は確かに厳しいのだが、ふふ、いいこともあるのよ」

なんのことかと身を乗り出す夫婦に、小声で言う。

「旦那様に、想い人ができなすった」

「まあ！」

おふさがぱっと表情を明るくした。

「いい娘《こ》なのかい？　あたしみたいに優しくないと、同心の妻は務まらないからね」

などと、嘉八が口をあんぐり開けるようなことを言い、詰め寄った。

「どうなのさ」

「ああ、そりゃぁもう、美人で気も優しくて、何も言うことはないさ」

「で、どこの誰なんだよ。あ、わかった。なんとかいう与力様のところのお嬢様かい」

「違う違う。深川の料亭、松元で働く娘だ」

「なんだって？」

驚きの声をあげたのは嘉八だ。

昼間に助けた娘が番屋の役人に松元で働いていると言ったのを思い出し、作彦に訊く。

「その娘さんの名前は、なんて言うんだい」

「おもよだ。近所でも評判の娘なんだが……」

そこまで言って、やっぱりよそうと言う作彦に、身を乗り出していた夫婦ががっくりと頭《こうべ》を垂れた。

おふさが眉間に皺を寄せて言う。

「なんだい、もったいぶらないで教えておくれよ」

作彦は渋い顔をして言う。

「旦那様の恋は実らないかもしれないんだ」

「どうしてだい？」

「悪いことに、店のあるじが倅の嫁にしようとしてるのよ。旦那様は想ってなんざいねえと言ってなさるが、自分の気持ちに気付いてらっしゃらないだけだと思う」

おふさが同調した。

「疎いからね、うちの旦那様は」

作彦がいぶかしむ。

「どうしたんだい嘉八っつぁん、青い顔して」

嘉八は作彦を見た。

「おもよってのは、わしが話していた娘さんとおんなじ名だ」

作彦が目を見張った。

「ちょっと待った。お堂で襲われかけていたって、言ったよな」

「言った」

慎吾が疑っていただけに、作彦はぴんときた。

「大変だ。旦那様を起こさなきゃ」

「ちょっと作彦さん、何が大変なんだい」

おふさの問いに答える暇もない作彦は、母屋に渡った。

作彦の大声で、慎吾は目をさました。

「うるさいなぁ」

「旦那様、嘉八っつぁんが今日助けた娘。ありゃ、おもよでした」

作彦は、嘉八から聞いていたことをそのまま伝えた。

お堂での出来事を知った慎吾は、

「何だと!」

思わぬことに飛び起き、作彦の後から来た嘉八に問う。

「嘉八、どんな男だった」

「そりゃもう、見るからにすけべえそうな面で」

「その野郎は賊の繋ぎ役かもしれんぞ。どこの番屋にいるんだ」

「中島町《なかじまちょう》の自身番に渡してございます」

「嘉八、よくやった。こいつは大手柄かもしれんぞ」

思わぬことに驚いた顔をする嘉八に、慎吾は笑顔でうなずく。

「作彦、奉行所に知らせろ」

「承知。旦那様はどうされます」

「番屋に走る」

言うなり、手早く身支度を整えて、屋敷を飛び出した。

夜道を走り、中島町の自身番に飛び込むと、ぎょっとする役人たちに、嘉八が突き出した男に会わせろと詰め寄った。

「慎吾の旦那、いったいどうなされたので」

慎吾は、町役人に笹山の闇僧の一味かも知れぬと告げると、役人たちは顔を見合わせて、喉を鳴らした。

「上がるぞ。奴は名前を言ったか」

「いくら訊いても言いません」

慎吾は役人にうなずいて上がり、奥の戸を開けた。

鎖に繋がれた男が、ふてぶてしい態度であぐらをかいている。

「おう、お前に訊きたいことがある」

慎吾が言うと男は薄笑いを浮かべて、顔をそらした。

十手を引き抜いた慎吾は、男の顎に当ててこちらを向かせ、顔を近づけた。

「お前、ただ乱暴をしようとしたのではあるまい。おもよに、なんの用があって近づいた」

男は鼻で笑う。

「旦那、あんなにいい女ですぜ。あっしのような男が、他になんの用事があるというんです?」

「お前はただのすけべえ野郎じゃないはずだ。隠している正体のことで用があったんじゃないか。たとえば盗《ぬす》っ人《と》稼業のこととかだ。どうだ、図星だろう」

「なんのことか、あっしにはさっぱりで」

鼻で笑いながら余裕で言う男に、慎吾は厳しい面持ちで告げる。

「今から奉行所の与力が来られる。大番屋の拷問にかけられる前に白状しちまったほうが、身のためだぞ」

男はまったく動じずに、薄笑いを浮かべている。

程なく、作彦の知らせを受けた奉行所から人が集まった。

与力の松島《まつしま》が、陣笠《じんがさ》に羽織袴《はかま》のものものしさで、同心二名、小者六名を引き連れている。

「夏木、この者が、笹山の一味か」

「訊いても答えませぬが、調べる価値はございます」

「うむ。では、調べは大番屋でおこなう。おい、連れて行け」

「は！」

松島の命に応じた小者たちが板の間に上がり、鎖を解こうとした時、男が奇妙な呻《うめ》き声をあげた。

「や、しまった！」

慎吾が飛びかかり、男の口をこじ開けたが、中は真っ赤に染まっていた。

「舌をかんだぞ！」

慎吾はすぐに手拭いを突っ込んだが、見る間に赤く染まる。

「医者だ！　医者を呼べ！」

松島が叫ぶあいだにも、出血と痛みに苦しみもがいていた平次の力が衰えていく。やがて白目をむき、手足が震えはじめた。

「もういかん」

容体を診た松島が油断したと言い、舌打ちをした。

慎吾は必死に血を止めようとしたが、その甲斐《かい》もなく、平次は死んだ。

六

翌朝早く、慎吾は奉行の役宅に呼ばれた。

廊下を歩む姿を見かけた奉行の娘の静香《しずか》は、がっくりと肩を落としている慎吾に、声がかけられなかった。

こっそり後に続き、父、榊原忠之《さかきばらただゆき》の部屋に入ったのを見届けると、閉められた障子に近づいた。

庭に控える作彦が何か言おうとしたが、

「しっ」

口に指を立てて黙らせると、聞き耳を立てる。

「馬鹿者!」

途端にした障子紙が震えるほどの怒鳴り声に、

「ひっ」

思わず尻餅をついた静香である。

慌てて腰板の陰に隠れて、目だけを出していると、作彦が近寄ってきた。

「姫様、お下がりなさいませ」

小声で言うのにかぶりを振り、何ごとなのかと、訊き返した。

作彦は躊躇《ちゆうちよ》したが、静香に迫られては断れぬ。笹山一味と思われる者を死なせてしまったことと、その理由が、慎吾が抱いた恋心にあると言ったものだから、ますます静香が食い付いた。

「あに……いえ、慎吾様は、想い人がいるのですか」

「はい。初めは、笹山の闇僧の引き込み役だとお疑いを持たれて、しばらく五六蔵親分に見張らせておいででしたが、そのうちに、おもよというんですがね、どうもその娘のことをお気にされて、盗賊に手を貸すような娘じゃないとお決めになられて、見張りを解いておしまいになられたのです。その矢先に、おもよに繋ぎが来て……」

早口に、これまでのことを一気に喋《しやべ》っていると、静香の機嫌が悪くなってきた。

「そう、そんなことがあったのですか」

「はい」

「あなたが付いていながら、なんとしたことですか」

静香が眉間に皺を寄せて怒った。

「慎吾様は、おなごを見る目がないのです。此度《こたび》のようなことがあれば、すぐに教えてくださいい。お似合いか否か、わたくしが吟味いたしますから」

「ええ？」

「いいですね！」

作彦は静香の剣幕に、ごくりと喉を鳴らした。

「承知しました」

「もう、父上も、あんなに怒鳴らなくても……」

静香が不服を言い、作彦に向けていた顔を部屋に戻した時、障子が開いた。

忠之が、鬼の形相《ぎょうそう》とも見える恐ろしい顔を静香に向ける。

これにはさすがの静香も驚き、息を呑《の》んで立ち上がった。

「そこで何をしておる」

「い、いえ」

「今大事な話をしておるのだ。二人とも下がりおれ！」

不機嫌きわまりなく言われて、静香は苦笑いをして頭を下げると、作彦と共に逃げ去った。

荒い鼻息を一つして、障子を締め切ると、忠之が慎吾の前に戻ってきた。

座った時には、すでに穏やかな顔となり、諭すように言う。

「慎吾よ。今申したこと、ゆめゆめ忘れるでないぞ」

慎吾は目を赤くして頭を下げた。探索するに当たっての心得のようなことだが、何を言われたかは、二人の秘密である。

「せっかくの手がかりをなくしましたこと、なんとお詫《わ》びを申したら……」

「過ぎたことはもうよい。これが、笹山の一味が尻尾をつかませぬ秘密よ。敵ながらまこと、あっぱれなまでの忠義よのう」

「………」

「肝心なのは、これからどう動くかだぞ」

「はい」

「わしが一つ、知恵を授けてやろう」

「はは」

「近う寄れ」

「はは」

扇子をぱっと広げた忠之に、耳元で何やらささやかれた慎吾は、目を丸くした。

「そのようなことをして、おもよはどうなりましょうか」

「なぁに、心配するな。これで破談になるようなら、初めから縁がなかったというもの。その時は、お前が想いを伝える番じゃ」

「父上、そのことは、もう」

「む、ふふ。ま、しっかりやれ。田所には、わしから言うておく」

「はは」

「これは、お前が使うておる者どもに渡すがよい。わしからの心付けじゃ」

金五両をぽんと出し、忠之は登城すると言って部屋を出た。

慎吾はありがたく頂戴し、頭を下げて見送ると、深川に向かうべく部屋から出た。

廊下を歩んでいくと、静香が待っていた。

慎吾は微笑み、先を急ぐと、静香がいそいそと後から付いて来て、

「父上は、あんまりでございます。あそこまで怒鳴らなくても」

静香なりに、慰めてくれたのだが、慎吾には、かえって辛かった。

「おれの油断で人を死なせてしまったのですから、怒鳴られて当然なのです」

「聞きました。あれは兄上のせいではございません。下手人が勝手に死んだのですから」

慎吾は立ち止まった。

「それは違います。油断しなければ死なせずにすんだのですから、自分のせいです」

「…………」

「たとえ悪人だとて、法の裁きを受けさせるまでは死なせてはならぬ。それが同心というものであると、祖父様《じい》から教わっていながら……」

慎吾は、辛そうに目を閉じた。

「兄上……」

「目が曇っていたのです」

「おもよと、申す人のことですか」

「危ない目に、遭わせてしまった」

「本気で、想っているのですね」

静香に言われて、慎吾は肩を落とした。

「想っているのかどうか、よくわからぬのです。わからぬのに、思い込みで見張りを解いたのが失敗なのです。つくづく、己の未熟さに腹が立つ」

「兄上、そんなに自分を責めないでください。悪いのは、悪事を働く人たちなのですから」

慎吾は、ふっと笑みをこぼした。

「今のお言葉で、ずいぶん楽になりました」

優しい妹に励まされては、そう言うしかない。

「では、お役目に戻ります」

行きかけて、静香に言う。

「そうだ。自分の嫁は自分で探しますから、心配御無用ですよ」

「え？」

「作彦との話し声が聞こえていましたから」

慎吾がそう言って笑うと静香はぎょっとして、両手で口を隠した。

第四章　影武者

一

「ああ、とうとう降ってきましたよ」

啓太は、薄暗い空を見上げた。誰も声を発さぬ部屋の気を嫌ったのか、空気を入れ替えると言って障子を開けたのだが、廊下に正座して店の者を寄せ付けぬようにしていた五六蔵と目が合い、静かに障子を閉めた。

上座に座る慎吾の右下には、久八《きゅうはち》が腕組みをして、難しい顔をしている。じっと見つめる先には、畳を見つめたまま黙り込んでいるおもよが座っていた。

「啓太、座ってくれ」

慎吾が促すと、啓太はちらりとおもよを見て、久八の横に戻って正座した。

息子を横目に、久八は一つため息をつき、慎吾に顔を向けて言う。

「観音堂であったことは、よぉくわかりました。しかし、若い娘を預かる者としては、どうにも悔しい。おもよ、お前、水臭いじゃないか。襲われたことを、どうして言ってくれなかったんだい」

うなだれるおもよは、膝の上で手をにぎり締めて黙っている。

慎吾が問う。

「おもよ、お前さん、襲ってきた男とは、知り合いだったんじゃないのか」

おもよはまだ黙っている。

そこで慎吾は告げた。

「黙っていても無駄だぞ。お前さんを助けたのは、おれの身内の者だ」

おもよは驚いた顔で慎吾を見た。

すぐに下を向いたおもよに、慎吾は続ける。

「身内の者は、お前さんが男と揉《も》めている様子だったと言っている。それにその男は、お前さんが気を失った時、殺すにゃ惜しい、と言ったそうだ。つまり、初めは身体《からだ》が目当てじゃなかったということだ。どうだ、違うか」

おもよは下を向いているが、目を泳がせている。

動揺の色を見て取った久八が、詰め寄るように問う。

「おもよ、男女のもつれで襲われたのかい。だから、言えなかったのかい」

するとおもよは、平伏した。

「申しわけございません」

尋常でない様子に、久八と啓太が顔を見合わせた。

慎吾はおもよを問い詰めることはせず、自分の口で言うのを待った。

するとおもよは、意を決した顔を慎吾に上げた。

「お堂で襲われたのは男女のもつれではなく、身体が目当てでもありません。あの男は、盗賊仲間を守るために、わたしを殺そうとしたのです」

啓太が目を丸くした。

「なんだって!」

おもよは膝を転じて久八と啓太に向き、両手をついた。

「わたしは、お二人を、いいえ、お店の皆さんをずっと騙《だま》していました。千住のおとっつぁんは、ほんとうの父親ではなく、捨て子だったわたしを拾って育ててくれた人です。それだけではありません。おとっつぁんは、あの人は、笹山の闇僧という泥棒で、お堂で会っていたのは、その手下だった人です」

久八と啓太が息を吞《の》む。

啓太が真っ青になり、身を乗り出しておもよに言う。

「そんな馬鹿な。嘘《うそ》だろ、おもよちゃん」

「わたしも、ついこのあいだ知らされたのです。嘘に決まっている、騙されているんだと思って、おとっつぁんに確かめるために病だと嘘をついて千住の家に帰ったのですが、おとっつぁんはもう、この世にいませんでした」

啓太が言う。

「それなのに、手下がおもよちゃんになんの用があると言うのだい」

「お店の、蔵の絵図を渡すよう頼まれていました。あの人たちは、お店のお金を狙っています」

畳に両手をついて額がつくまで頭を下げたおもよは、狙われていると知りながら、今日まで黙っていたことを必死に詫びた。

久八が言う。

「慎吾の旦那がいらっしゃらなかったら、黙っておくつもりだったのかい」

「それは……」

おもよはきつく瞼《まぶた》を閉じた。育てられた恩と、恋の狭間で悩んでいたのは確かだし、何より、悪党の娘だと軽蔑され、店を追い出されるのが怖かった、という言葉が出ない。

「ごめんなさい」

震える声で詫びてばかりのおもよに、

「う、うぅむ」

唸《うな》るような声をあげた久八が、渋い顔をして慎吾を見た。

啓太は、脅えたような目をおもよに向けている。

慎吾は、悲しそうなおもよを見ていると、黙っていられない。

「絵図を描くのを拒んだから、いや、お上に訴えると言ったから、口を封じられそうになったんじゃないのか」

おもよは、無言でうなずいた。

「つまり賊どもから、店を守ろうとしたわけだな。そうだろおもよ」

「はい」

「聞いたか二人とも。可哀《かわい》そうに、育てられた恩を返せとでも言われたんだろう」

　啓太がはっとした。

「そうなのかい、おもよちゃん」

　おもよは、頬に流れた涙を手の甲で拭って言う。

「おとっつぁんがこの世にいないと知るまでは、どうしようか迷いました。わたしは、一度は蔵の場所を教えようとしたのです。ですから旦那様、これをもちまして、お暇をいただきとうございます」

　久八は答えず、慎吾に顔を向けた。

「慎吾の旦那。おもよは、何か罪に問われるのでしょうか」

「いや。店を救おうとしたのだから、むしろ賞賛すべきだろう」

　にやりとして言うと、久八も笑みを浮かべてうなずいた。

「おもよ、お前の気持ちはわかった。暇を出そう」

　慎吾は驚いた。

「おい、人の話を聞いていないのか」

「そうですよ、おとっつぁん」

啓太が撤回させようとしたが、久八は手で制して聞かぬ。

「おもよ、わかったね」

「はい」

「うむ。では今からは、この松元の女将《おかみ》になるための修行をしなさい」

「えっ」

目を見張るおもよに、久八は優しい面持《おもも》ちで言う。

「五年前に女房を亡くしてこのかた、店を切り回す者がいなくて困っていたのだ。お前が女将になってくれたら、わたしと啓太は料理に専念できて助かる」

「だ、旦那様」

久八は、莞爾《かんじ》と笑った。

「いいね、おもよ」

啓太がぱっと顔を明るくして、呆然《ぼうぜん》とするおもよの手をにぎった。

「おもよちゃん、うんと言ってくれ」

「あ、あの、でも……」

戸惑うおもよに、慎吾が言う。

「おもよ、久八の気持ちが変わらぬうちに、返事をしなよ」

するとおもよは、明るい顔で啓太を見て、はいと答えた。

「ああ、よかった。旦那、旦那のおかげです。このとおり、お礼申し上げます」

久八に続いて頭を下げる啓太とおもよに、慎吾はうなずいた。

「二人とも、幸せにな」

そう声をかけた慎吾は、喜び合うおもよと啓太を見て、これでよかったのだと自分に言い聞かせて涙を飲んだ。気を取りなおして言う。

「話がまとまったところで、久八、頼みがある。お二人さんにも、力を貸してもらいたい」

聞く顔をする三人を前に、慎吾は声を潜める。

「賊はおそらく、まだあきらめてはいない。おもよ、平次が死んだことは、賊どもはまだ知らぬはずだ。奉行所が目を付けていることに気付いていなければ、別の者を繋《つな》ぎによこしてくるだろう。その時は、素直に絵図を渡せ」

おもよが驚き、久八が言う。

「旦那、手前どもはどうなるんです」

「心配するな。おれたちが守る」

「守るって、どうなさるおつもりで」

「今日からおれと手下の者を、店の者にも内緒で泊めてくれ。賊どもが入ってきたところを、一網打尽にしたいのだ」

久八はゆっくりとうなずいた。

「そういうことでしたら、へい、いくらでも手を貸します」

「賊の見張りが付いているかもしれぬ。このまま居座るのはまずいので、一旦店を出る。気付かれずに入りたいが、今日も客が多いか」

「はい。今夜は大勢様の約束をいただいておりますから、紛れるにはよろしいかと」

「それはよい。では、出なおして来る」

「よろしく、お頼み申します」

「え?」

「おいおい、頭を上げてくれ。頼むのはこっちのほうだ」

慎吾はにっこりとして部屋を出ると、五六蔵と仲間たちを連れて浜屋へ帰った。

二

話を聞いた五六蔵が、感心したように顎を引いた。

「なぁるほど、旦那、うまいこと考えましたね」

「そういうことだから、みんな頼むぜ」

「へい」

「まかしておくんなせえ」

伝吉と兄貴分の下っ引き松次郎《まつじろう》が、目を輝かせている。

「兄貴、三度の飯が今から楽しみだね」

「だな」

「馬鹿やろ、遊びに行くんじゃねぇぞ」

五六蔵に怒鳴られて、二人は首をすくめた。

「親分、あっしも行かせてください」

「又介《またすけ》、来てくれるか」

「ちょいとお前さん、又介にはおけいちゃんがいるんだから、危ないことさせたらだめだよ」

茶と菓子を持って来た千鶴《ちづる》が、心配して口を挟んだ。

五六蔵は素直に従う。

「まぁそうだな。又介、おめえは留守番だ」

「ええ……」又介は顔を歪《ゆが》めて、千鶴に言う。「女将さん、どうかご心配なく。女房の奴《やつ》は、下っ引きの自分と夫婦になったんですから、覚悟をしておりますんで」

「女房だってさ。いいねぇ」

伝吉がちゃかすのを、五六蔵がひと睨《にら》みで黙らせた。

慎吾が又介に言う。

「此度《こたび》は大捕物だ。おまけに、賊には剣の遣い手がいるのだぞ」

「だったらなおのこと、じっとしてられませんや」

そう言った又介の目が、ほんの一瞬だけ鋭くなったのを慎吾は見逃さない。

「女将、又介は聞かないようだぞ」

「又介がそこまで言うなら、あたしには止められませんよ」

言いつつも心配そうな千鶴に、五六蔵が言う。

「なぁに、こっちにゃ慎吾の旦那がいるんだ。どんな剣客が来ようが、恐れるこたぁねぇやな」

「でも相手は大勢なんだろう。油断は禁物だよ、親分」

「わかってらぁな。岡っ引きの女房なら、でぇんと構えてろ。若いもんが不安がるじゃねぇか」

「でも心配なものは心配なんだから、仕方ないじゃないのさ」

「心配するなって。ねえ旦那」

五六蔵に水を向けられて、慎吾はうなずく。

「お、そうだ」

慎吾は忠之から預かっていた心付けの包みを出した。

「女将、これを渡しておく。みんなに旨《うま》いもんを出してやってくれ」

受け取った千鶴が、包みを開いて驚いた。

「五両もあるよ！　どうしたのさ、旦那」

「おれからじゃない。御奉行から心付けだ」

千鶴はまた驚いた。

「お、御奉行様から」

「ありがてぇ」

五六蔵にと言われたものだが、夫婦なのだからどちらに渡しても一緒だと慎吾は思った。それが証拠に、夫婦して、手を合わせて拝むようにしている。

五六蔵が言う。

「日が暮れるまで間がねぇから、急いでくんな」

「はい、すぐに」

応じた千鶴は、五両を押しいただくようにして懐に入れ、台所に向かった。

千鶴のことだから、使わずに手下たちの懐に入るようにするのだろうと、慎吾は思っている。文句も言わずに力になってくれる千鶴に、慎吾はこころの中で手を合わせた。

早めの夕餉をすませると、慎吾たちは支度にかかった。

墨染め羽織と袴《はかま》を脱いだ慎吾は、紺に白の縞模様の小袖に着替え、無地の紺の羽織を着て商人風に化けた。

五六蔵は、千鶴が箪笥《たんす》の奥から引っ張り出したという上等な生地の着物を着け、貫禄《かんろく》ある商家のあるじに化けた。

伝吉たち三人は小粋な着物を身につけ、どこぞの店の倅《せがれ》に見えるように化けた。

作彦はというと、いつも慎吾の供をしているため二人でいるとばれる恐れがある。そこで、五六蔵の供をする手代《てだい》に見立てて、これも千鶴が箪笥の奥から引っ張り出した藍《あい》染の着物を着させた。そして、慎吾の同心羽織と十手《じって》を包んだ風呂敷を抱えて、五六蔵の一歩後ろを付いて出かけた作彦である。

盗賊どもの目を気にして、同時ではなく別々に浜屋から出かけた慎吾の手には、荷物に似せて布に包まれた同心刀を持っている。深川の町をあちこち歩き回ったのちに、それぞれが松元の暖簾《のれん》を潜《くぐ》った。

客を装った慎吾は、待ち受けていた久八に案内されて、奥に向かって廊下を歩む。

大勢の客たちが詰めかける頃合いだったので、店の者に気付かれずに、久八の部屋に潜り込むことができた。

先に来ていた五六蔵と作彦が、慎吾の顔を見てにんまりとし、上座を促した。

久八が慎吾に言う。

「ただいま、お食事をご用意いたします」

「いやいい、すませてきた」

「では、酒肴《しゅこう》を持ってまいりましょう」

「おいおい、おれたちは遊びに来たのじゃないぞ。熱い茶があれば十分だ」

「ですが、賊の繋ぎはまだきていませんよ」

「いいから気を使わないでくれ」

慎吾は笑って言い、皆と車座になって待機をはじめた。

三

おもよは、宴会の給仕で忙しく働いていた。

出来上がったばかりの料理を運んでいると、障子を開けて廊下に出てきたお千沙に呼び止められた。

料理を載せたお盆を持ったまま振り向くと、お千沙が歩み寄って言う。

「丁度よかった。今呼びに行こうとしていたの。それはあたしが運ぶから、こちらのお武家様をお願いね」

「はい」

おもよが応じて差し出すお盆を受け取りながら、お千沙が小声で言う。

「あんたの評判を聞いてきたんですって。ふふ、しっかりね」

おもよ目当てに若い男が来ると、お千沙は決まって、嬉《うれ》しげに言う。

珍しいことではなかったので、おもよはいつものように、明るい顔で客間に入った。

「いらっしゃいませ」

畳に座って頭を下げた。

「そなたが、おもよか」

「はい」

「苦しゅうない。面を上げよ」

「おそれいります」

武家の男は、顔を隠せる頭巾を着けている。立派な羽織袴を着、どう見ても、大身旗本か大名家の者といった風体である。

身分がある武家の中には、時々このような格好をしてお忍びで来る者がいるが、部屋の中で顔を隠しているのは珍しい。

「うわさどおりの、器量であるな」

おもよは素直に喜んでにっこりとする。

「ありがとうございます。ご注文をおうかがいします」

「そうさな。まずは、酒をもらおう。肴《さかな》は、そなたにまかせる」

「かしこまりました。すぐにお持ちいたします」

一旦下がり、熱燗《あつかん》と、赤なまこの酢の物を持って戻り、客の前に出した。

酌を求められたので応じると、武家の男は、ゆっくりと頭巾を取り、盃《さかずき》を差し出した。

燗徳利《かんどっくり》をかたむけるおもよの顔を、睨むように見て言う。

「おもよ、平次が戻ってこぬと聞いたが、いかがした」

「えっ！」

「同じことを言わせるでない。答えよ、平次はどうしたのだ」

低い声で言い、盃の酒を呷《あお》るも、目をおもよから離さない。

おもよは震える手で徳利を置くと、動揺を覚《さと》られまいとして自分の手をにぎって震えを隠した。

だが、顔から血の気が引き、唇は白くなっている。

侍の男は見逃さぬ。

「顔色が変わったぞ。正直に答えぬか」

「し、知りません」

声をしぼり出すように答えると、武家の男は、ふたたび酌を求めた。

身を硬くして脅えているおもよは、酌をすることができなかった。

細い目の奥に鋭い輝きを放つ男の顔は、なまはんかな相手ではないことを、おもよに知らしめている。

「ま、よい」

盃を投げ置いた男は、床に飾ってある伊万里《いまり》焼の大皿を自ら取って戻ると、燗徳利を両手に持ち、注ぎはじめた。

おもよを見つめたまま注ぎ終えると、

「二代目笹山の閻僧を、甘く見ぬほうが身のためぞ」

言いつつ、両手で大皿を持ち、一息のうちに飲み干した。

目を丸くするおもよの前で大きな息を吐き、旨いと言って笑みを浮かべる。

おもよは不安と心配が込み上げ、訊《き》かずにはいられない。

「二代目は、どうなさるというのです」

男はおもよを睨む。

「絵図を出さねば、お前を含め、この店の者どもを皆殺しにすると申しておる。そこで、わしが来たというわけだ。時がない。今ここで描け。さすれば、皆の命が助かるのだ」

男は矢立てと紙を出し、おもよの前に置いた。

慎吾から素直に渡せと言われているが、筆を持つ手の震えが止まらない。

男が薄笑いを浮かべて言う。

「命は取らぬから落ち着け」

一つ大きな息を吐いたおもよは、やっとの思いで描き、蔵の在処《ありか》にばつの印を入れると、じっと見ていた男が鼻息も荒く取り上げ、懐に入れた。

「これで、そなたに用はない。適当な理由を述べて店を出るがよい」

金一両を大皿に投げ入れ、

「馳走《ちそう》になった」

おもよがすべて話していることも知らずに、悠々とした態度で帰ってゆく。

障子を開け、廊下を遠ざかる男を見送るおもよの目に、伝吉の姿が見えた。伝吉はおもよを見てうなずき、男に気付かれないようあいだを空けて行く。

表で待っていた駕籠《かご》に男が乗り込むと、大川に向かった。

中間《ちゆうげん》が照らすちょうちんの明かりを頼りに、伝吉が後を追う。

駕籠は大川沿いを川上に進み、仙台堀《せんだいぼり》を越え、万年橋《まんねんばし》の袂《たもと》を右に曲がり、小名木《おなぎ》川沿いを東に進むと、高橋《たかばし》を渡った。

わざわざ大回りをしてここまで来たとなると、尾行を警戒しているのだろう。

だが、覚られるような伝吉ではない。のろのろと進む駕籠に歩みを合わせ、十分なあいだを空けて跡をつけた。

深川南森下町《みなみもりしたちょう》の通りを真《ま》っ直《す》ぐ北に抜けた駕籠は、竪《たて》川を渡った。本所の武家地に入ると、途端に人通りが少なくなり、尾行する者にしてみれば、厄介な場所である。

たまにすれ違う侍が、町人姿の伝吉に訝《いぶか》しげな目を向け、何者かを探ろうとする。声をかけられぬことを祈りながら、伝吉は小走りに駕籠を追った。

辻《つじ》番所の前を右に曲がった駕籠は、津軽越中守《つがるえっちゅうのかみ》の上屋敷前を通り過ぎるとすぐに右に曲がり、その先にある屋敷の門内に入った。

門の構えを見る限り、御家人ではなく旗本。

「こいつは、厄介だな」

町方が手出しできない武家が絡んでいることに舌打ちをした伝吉は、睨むように門を見上げると、自分が知っている近くの辻番所に走った。

元来辻番所は、江戸市中での辻斬りを見張るために設けられた番所で、幕府が置いた公儀辻番にはじまり、その後、大名が置いた大名辻番、大名旗本が共同して設けた寄り合い辻番があった。

その後、一部の辻番は町人が請け負うようになり、番所に雇われた者たちの中には、小物や菓子を売る者がいたが、これはまだいいほうで、夜ともなると、賭場にして場所代を稼ぐ悪い者もいた。

たった今、伝吉が駆け込んだ辻番所がそれで、五六蔵の子分だと知る番役人が飲みかけた酒を噴き出し、奥へ駆け込もうとした。

「待ちねぇ。今夜は賭場をどうこうしようってんじゃねぇんだ。ちょいと頼みがあるのよ」

急いだ調子で言うと、番役人は安堵《あんど》してあぐらをかいた。

「な、なんだよ脅かしやがって」

「おいらは、門前仲町《もんぜんなかちょう》の五六蔵親分の手下だ」

「知ってますとも。頼みってのはなんです」

面倒そうに言う番役人に、伝吉は近づく。

「お上のでぇじな用だ。聞いてくれねぇか」

「ですからなんです」

「津軽様の門前を過ぎてすぐ右に曲がった先にある旗本は、どなただい」

番役人は目をつむって、伝吉の言葉をなぞるように指を動かしていたが、目を開けた。

「ああ、それなら仙石様《せんごく》です」

「ありがとよ。ついでにな、今から書く文をな、大島町の料亭松元の、久八ってあるじに届けてくれ」

番役人は目を白黒させた。

「またずいぶんな店ですね。何か事件で？」

「いやいや、忘れ物のことさ」

伝吉は軽く言い、紙に筆を走らせて番役人に渡した。

「おいらは仙石家で待っていると伝えてくれ。急いで頼むぜ」

「まかしておくんなせぇ」

請け負った番役人は、飛ぶように走り出た。

文で居場所を知らせた伝吉は、仙石の屋敷に戻り、寒空の下、辻灯籠《つじどうろう》の陰に身を潜めて屋敷の見張りをはじめた。

朝まで見張る覚悟であったが、一刻《いっとき》も経《た》たぬうちに潜り門が開き、中から人が出てきた。

町人風の男が一人。通りに出るや、身をかがめるようにして夜道を歩んでいく。

「野郎、盗賊の一味に違いねぇ」

伝吉は独りごち、この男を尾行した。


伝吉は夜が明けてから、松元に戻ってきた。

辻番所の役人が届けた紙を手に、五六蔵が問う。

「旗本に間違いねぇのだな」

「へい。その旗本屋敷を出た町人風の野郎は、小梅村の、遠江横須賀藩のお抱地近くの寮に入りました。こっちはどうも、盗人宿《ぬすびとやど》ではないかと」

五六蔵は慎吾に目を向けた。

「旦那、どうしやすか」

慎吾は腕組みをした。

「どうもこうも、盗賊に手を貸しているならしょっ引くまでよ」

「しかし、相手は将軍家直参《じきさん》ですから、お目付役に言わなくてもいいので?」

「誰であろうと、盗っ人は盗っ人だ。動かぬ証《あかし》があれば、手が出せないこともない」

「では、屋敷に探りを入れやしょうか」

「腐っても旗本屋敷だ。難しいぜ」

「なぁに、まかしておくんなさい。さっそく手を打ってきやす」

「五六蔵、無理はしないでくれよ」

「がってんだ」

部屋を出る五六蔵を見送った慎吾は、下座に座るおもよに目を向けた。おもよの前には、文机《ふづくえ》の上の紙に顔を近づけ、一心不乱に筆を走らせる者がいる。慎吾に呼ばれてやってきた北川町《きたがわちょう》の絵師、利円《りえん》だ。

利円は、おもよから男の顔の特徴を聞きながら、人相書を仕上げている。

慎吾が文机の前に行って声をかける。

「どうだい」

利円は返事をせず、目を書き入れたところで筆を置いた。

「うむ、できた」

「どれどれ」

慎吾は紙を取って絵を見た。一見すると気の弱そうな顔をしているが、糸のような目に、際立った印象を受ける。

「おもよ、どうだ」

慎吾が文机に戻して言うと、おもよはのぞき込み、首をかしげた。

男に睨まれた時は、鳥肌が立つほど恐ろしかったという。

すると利円がもう一筆入れ、

「こうかな」

見せた絵は、殺気をも感じるほど、鋭い目つきに変わっていた。

おもよは息を呑んだ。

「この人です」

絵を覗《のぞ》き込んだ作彦が、不安げな顔を上げた。

「旦那、何者ですかね」

「それを確かめるために、利円を呼んだんだ。どうだ利円、お前さん商売柄、本所の旗本はよく知っているだろう。書いた絵の男に、見覚えはないか」

利円は、改めて己の絵を見つめていたが、首をかしげた。

「わたしの客じゃないですな」

慎吾は肩を落とした。

「そうかい。忙しいのに呼びつけて、すまなかったな」

「いえいえ、来てよかったですよ。いいものを見つけました」

「この人相書きを言っているのか」

問う慎吾に、利円は馬鹿をおっしゃいと言って絵を丸めて捨て、輝いた目をおもよに向けて声をかける。

「あなた、実に美しい。是非とも、わたしに描かせておくれ」

目を細めて微笑《ほほえ》む利円に、おもよは戸惑った。

慎吾が慌てて止める。

「おもよ、承知しちゃだめだ」

どうして、という顔を向けるおもよに、慎吾が教える。

「こいつはな、人相を描かせたら天下一品だが、枕絵で食ってる悪い奴なんだ」

おもよが目を丸くすると、利円はにんまりとしてうなずいた。

「お前さんの絵は、飛ぶように売れるはずだ。どうだろう」

「いやです！」

「やっぱりだめか」

利円は頭《こうべ》を垂れて、ため息をついた。

四

空がどんよりと曇り、やがて小雪が舞ってきた。

五六蔵は寒さに顔をしかめながら、深川の町を北へ向かっている。

永代寺《えいたいじ》の裏手を流れる川の向こうに蛤町《はまぐりちょう》があるのだが、通りから奥まったところに、古い長屋がある。

住む者も家賃を払うのがやっと、いや、二月三月は払わぬのが当たり前の長屋であるが、差配人の人柄がよいおかげで、住人は明るく暮らし、人なつっこい。

よそ者の五六蔵が足を踏み入れても、長屋の連中は気軽にあいさつをしてくる。

五六蔵も気分がよくなり、顔に似合わぬ笑顔でいちいち応えながら長屋の奥に入り、丸の中にかぎと書いた、油障子の前に立った。

中からは、金槌《かなづち》で鉄をたたく音がしている。

「六《ろく》さん、いるかい」

声をかけて障子を開けると、五十路《いそじ》を過ぎた年ごろの男が、五六蔵を見るや、慌てて出てきた。

「これは親分さん。ご無沙汰をしております。どうぞ、お入りください」

「おう、じゃまするぜ」

中に入った五六蔵が、道具と作りかけの錠前を見て、

「真面目に働いているようだな、六さん」

「はい」

互いに、笑みを交わした。

この男、名を六助《ろくすけ》といい、つい二年前まで、むささびの六と呼ばれた、一人働きの盗っ人であった。

一人といっても、ただのこそ泥ではない。

むささびの六に狙われたら最後、どんな錠前もするりと外され、きっちり金百両を、盗み取られるのである。

　狙われるのは、決まって繁盛店であった。高そうな着物を着こなし、大店《おおだな》のあるじのような風体で、客でごったがえす昼間に店を訪れ、必ず番頭に相手をさせ、高直《こうじき》な品物を手に取り、いかにも買いそうなことを言う。そして、明日また来ると言って帰り、次の日も、番頭に相手をさせてじらしにじらす。これを繰り返すうちに、番頭も冷やかしだと決めつけ、しまいには、相手にしなくなる。こうなると、しめたものだ。

　ふらりと店を訪れた六助に、しかめっ面を向けた店の者たちは、他の客の相手に気を向ける。この隙に、家の中に忍び込むのだ。じっとしているのかと思いきや、誰にも気付かれることなく家の中を歩き回り、金蔵の在処を調べておき、床下か天井裏で夜を待ち、店の者が寝静まると、ごそごそと出てきて金蔵を破るのである。

　生涯で盗んだ額は少ないが、鮮やかな手口が評判となり、偶然であるが、むささびの六が盗みに入った店は繁盛するという尾ひれまで付いて、伝説の盗っ人になっていた。

姿を見た者がおらぬので、初代笹山の闇僧と並ぶ大泥棒と呼ばれるようになっていたむささびの六であるが、岡っ引きの五六蔵に正体を明かしたのは、恋女房であった。

六助の女房は、病の自分の薬代を稼ぐために盗みを働いていることを知り、人様に迷惑をかけることが耐えられなくなって、泣きながら、五六蔵に訴え出たのだ。

腕のよい鍵職人として六助を知っていた五六蔵は、むささびの六だと知らされて、腰を抜かすほど驚いた。

六助を問いただすと、あっさり認めて、お縄にしてくれとうなだれる。だが、女房のことを思うと、五六蔵はお縄を掛けることができなかった。盗みに入られた店の者も、怒るどころか、福の神が来たとばかりに喜んでいることもあり、もう二度と盗みはしないと約束させて、目をつむったのである。

その恋女房も、去年の冬に他界した。

葬式をすませた六助は、改めて自首すると言って五六蔵の元を訪れたのだが、

「死罪になったと思って、自分に命を預ける気はないか」

と、手下になるよう誘ったのである。

鍵職人としての腕を買っていたが、それ以上に、見込んだ特技があったからだ。

「六さん、今日来たのはほかでもねぇ。調べてほしい屋敷があるのだがね」

「はいはい、どこでしょう」

五六蔵は、仙石某の屋敷と、笹山の閻僧のことを教えた。

途端に、六助の目力が増し、顔の血色もよくなった。

「おやすい御用で。さっそく、今夜にでも忍び込みやす」

「よろしく頼む」

五六蔵は、懐から金一両を出して渡した。

たとえ恩人の頼みでも、六助は銭を受け取ることにしている。五六蔵から受けた大恩を、無償の働きで薄れさせてはならぬためだ。六助にとって五六蔵は、死ぬまで大恩人なのである。

この夜、ひっそりと長屋を出た六助は、本所に向かうと、五六蔵から教えられた屋敷の前に来た。

さりげなく屋敷の周囲を歩み、様子を探った。

門番は立っていないが、門は固く閉ざしてある。塀も高く、屋敷が隣接しているため裏に回る路地もない。

　こうなると、方法はただ一つ。

　六助はさりげなくあたりを見回して、通りに人気《ひとけ》がないのを確かめるや、とん、と地べたを蹴り、軽々と塀の上に飛び上がった。

　これが、六助がむささびの名を付けられたゆえんであり、五六蔵が見込んだ特技だ。

　音もなく屋敷内に飛び降りた六助は、床下の忍び止めを嫌い、屋根裏に忍び込んだ。

　真っ暗な屋根裏に潜み、目が慣れるのを待つこと四半刻（約三十分）。薄《うつす》らと見えはじめた梁《はり》の上を慎重に歩み、下の様子を探った。

　どうやら夕餉の頃合いらしく、女中たちが膳の支度をしている。

　隙間から覗き見た限りでは、膳には魚の煮付けをはじめ、さまざまな料理が並べられている。

　黒漆塗りの本膳に続き、添え物を載せた中足膳が運ばれていくのを見届けた六助は、あるじの食事に違いないと思い、後を追った。

廊下を歩む足音を探りつつ、屋根裏を移動する。そして、運び込まれた座敷の屋根裏に忍び、聞き耳を立てた。

家来と思《おぼ》しき者とたあいのない話をしながら、夕餉《ゆうげ》の箸をすすめている。

結局この日は、何もわからぬままに朝を迎えた。

なんと、六助は、屋敷のあるじが眠る部屋の上で、梁に身を横たえて眠った。仰《あお》向《む》けになり、器用に足まで組み、眠りこけたのである。

下が騒がしくなると共に目をさまし、用意してきた焼き米と水で空きっ腹を慰めると、

「さて、はじめるか」

心の中で気合を入れて、あるじを見張る。

用を足したくなれば、普段は使われておらぬと思われる厠《かわや》に忍び込んで悠々とすませ、天井裏に戻るのである。

こうして、二日が過ぎた。

無役の旗本というのは、まこと、することがないらしく、あるじは読み物をしたり、たまに庭に出て真剣を振るうなどして、実に暇そうである。

この二日間というもの、毎夜毎夜、あるじは寝所におなごを呼び、持て余した力を思うさまぶつけているようであったが、五十路を過ぎ、今でも恋女房を想《おも》う六助にとっては退屈なだけで、知らぬ顔で眠っていた。

そして、三日目の夜。退屈なあるじを客が訪ねてきた。

男が部屋に通されると、

「むっ」

六助の背筋に鳥肌が立つほど、部屋の空気が一変した。

「内膳《ないぜん》様。おかげさまで、支度が整いやした。頃合いを見て、盗みをしてめぇりやす」

「うむ。いよいよ、最後であるな」

「後のことを、くれぐれもよろしゅうに頼みますぜ」

「まかせておけ。皆の手形は、明日にも届く手筈《てはず》になっておる。分け前の金と共に渡すからの」

「へい。では、あっしはこれで」

「なんだ、酒を飲んでいかぬのか」

「せっかくですが、手下どもが集まってめぇりやすんで」

「そうか。……忠治」

「へい」

「おもよは店を出たのか」

「それが、まだおりやす」

「店の者に言うたのではあるまいな」

「いつもと変わらず商売をしていますから、それはないかと」

「出るのを待ってはおれぬ。前にも申したが、おもよを傷つけてはならぬぞ。あれは、わしの元へ連れてまいれ」

「…………」

「よいな」

「わかりやした」

「それと、杉原には、わしがよろしく言っていたと伝えてくれ」

「へい、承知いたしやした。では」

頭を下げて、忠治は帰っていった。

下にはまだ、二人の気配がある。

六助が聞き耳を立てていると、声がした。

「殿、これで、すべてうまくいきますな」

「ふ、ふふ。まさか、盗んだ金を残らず使われておるとは、思いもしまいよ。ま、知ったところで、屋敷に戻ったところを皆殺しにされるのだ。先が有望なわしの足下をゆるがしかねぬ者どもを始末すれば、安泰じゃ」

「ですな」

「石井《いしい》」

「はは」

「家来どもに暇を出しておろうな」

「明日より五日、屋敷の外へ出るよう命じておりまする」

「うむ。笹山の一味は十名。死骸を運び出す手筈は」

「そちらも、万事ぬかりはございません」

「よしよし。ゆるりと酒などを飲み、寝て待っておろうかのう」

二人は、いかにも悪そうな笑い声をあげた。

梁の上で横になり、肘枕をして下のやりとりを聞いていた六助は、五六蔵の役に立てたと思い、にやりとした。

五

慎吾は作彦を残したまま松元を出ると、夜が明けたばかりの道を奉行所に急いで戻った。

腰の痛みを押して宿直《とのい》をしていた田所を助けて与力の松島の部屋を訪れ、五六蔵が六助を使って調べさせたことを報告した。

二人は、旗本が絡んでいることに驚き、田所が呻《うめ》くように言う。

「まさか、裏で旗本が糸を引いていたとはな」

慎吾は松島に言う。

「旗本のことで、御奉行にお会いしておうかがいを立てたいのですが」

「よし、わしも行こう。田所さんはここで待たれよ」

無理をして立とうとするのを松島が止めて、慎吾を連れて役宅に向かった。

朝餉を摂《と》っていた榊原忠之は、慎吾に言う。

「飯は食べたのか」

「はい」

「うむ」

忠之は、松元から戻った慎吾の町人姿をいぶかしげに見つつ、塩鮭《しおざけ》をおかずに、飯をもりもり食べている。

「して、用向きは」

「笹山一味の探索をしておりましたところ、旗本の影が見えてまいりました」

「誰だ」

「本所の、仙石内膳と申す者にございます」

すると忠之は箸と口を止めて、慎吾を見た。

その様子を見た松島が訊く。

「御奉行、ご存じですか」

「そういうことか」

「は？」

忠之はちらりと松島を見て、まずは食べさせろと言って食事を終えた。

満足げに一つ大きな息をすると、茶をすすり、改めて言う。

「その者は近々、大坂鈴木町《すずきちょう》代官に任命される男だ」

「なんと、そのようなお方でござりますか」

松島は、何かの間違いではないかという顔を、慎吾に向けた。

忠之が言う。

「たかだか二百石の旗本が、大出世よ。勘定奉行に多額の賄賂を渡しているとの噂《うわさ》もあり、評判はすこぶるよろしゅうない」

「盗んだ金を、賄賂に使っていたのでございましょうか」

慎吾の疑念に、忠之がうなずく。

「そこよ。流れた金は千両箱一つや二つではないと聞く。二百石では到底持てぬ額だけに、裏で悪さをしていると睨んでいたが、まさか、笹山一味に絡んでいようとはな。お前が申したことがまことなら、出世が確実となり用なしになった笹山一味を始末するつもりであろう。おそらく、今狙いを付けている松元がしまいだぞ。大坂の代官ともなれば、身辺を綺麗《きれい》にしておかねば、誰に足をすくわれるかわからぬからのう」

「なるほど。稼ぐだけ稼がせておいて、口を封じますか」

松島が言い、奉行に熱い目を向ける慎吾を見た。

「慎吾、何を考えておる」

慎吾は松島をちらと見て、忠之に両手をついた。

「御奉行、何とぞ、それがしめに仙石の捕縛をお命じください」

「口を慎まぬか。相手は旗本だぞ」

慌てる松島をよそに、忠之は笑みを浮かべる。

「何か、策があるようだな」

「ございます。松元に手の者を潜伏させ、笹山一味が来るのを待ち構えております。盗人宿に付けた見張りの知らせでは、人が集まっているとのこと。年内には必ず、動くかと思われます」

忠之は慎吾を見据えた。

「笹山一味を一網打尽にし、口を割らせるか」

「いえ……」

慎吾は、ごめん、と告げて忠之に近づき、耳元でささやいた。

すかさず耳を近づけていた松島がぎょっとして、慎吾を見た。

「馬鹿を申すな。そのようなことが許されるはずがなかろう」

「おもしろいではないか」

「御奉行？」

松島が口をあんぐりと開けて忠之を見る。

「責めはわしが持つ。慎吾、やってみよ」

「はは！」

「松島、よいな」

松島は戸惑ったが、それは一瞬のこと。

「かしこまりました。必ずや賊を捕らえます」

「うむ。わしはこれから登城だ。目付役のことはまかせておけ」

「はは」

慎吾と松島は頭を下げて、部屋を辞した。

忠之は慎吾の背中を見つめていたが、頼もしくなった気がして嬉しくなり、ふっと笑みを浮かべた。

慎吾は松島の部屋に戻ると、田所を交えて打ち合わせをすませ、一人で松元に帰った。

第五章　おもよの生涯

一

大晦日《おおみそか》になった。

料亭松元は、例年と変わりなく、二十八日をもって今年の商いを終えた。一日かけて掃除をすませ、三十日の今日、店の者は三日の暇をもらい、実家に帰るのである。

久八は今年、奮発して、里へ帰る者一人ひとりに、金一両の心付けを出した。

「ゆっくり、休んでおいで」

表で頭を下げる奉公人に声をかけて見送ると、表情を引き締めて中に入った。

「これで、ひと安心だな」

奥の間から出ていた慎吾が、がらんとして静かな板場を見回した。

五六蔵たちも奥から出てきて、板の間に座った。

いつ来るかもわからぬ相手を待つのは、長く感じるものだ。狭い部屋に隠れていたこともあり、ここ数日は、一月にも感じる長さであった。

一人残ったおもよが、みんなに茶を淹《い》れてくれた。

しんみりとした顔の五六蔵が、ちらりとおもよを見て、遠慮がちに湯飲みを受け取っている。

みんなが楽しげに里へ帰る姿を、陰から寂しげに見送るおもよを、五六蔵は見ていたのだ。

五六蔵は、訊かずにはいられなかった。

「おもよちゃんは、笹山の闇僧に育てられたと言ったが、ほんとうの生まれはどこなんだい」

皆が目を向ける中、おもよは小さな信州の神社の名が書かれたお守りを出して見せ、目を伏せ気味にして答えた。

「このお守りを持っていたので、おとっつぁん……いえ、笹山の闇僧からは信州の生まれだと聞かされていましたが、拾われたのは、鎌倉《かまくら》の観音堂です」

おもよは、親の顔をまったく覚えていないという。

「きっとあれですよ親分……」

伝吉がにやにやして、

「……おもよちゃんは、観音様のお子ではないですか。そんな顔してるもの。ね、慎吾の旦那」

意味ありげな目を転じたので、慎吾に気を使う五六蔵にぽかりとやられた。

「おめぇは一言多いんだよ」

おもよがくすりと笑ったので、五六蔵もにやりとして言う。

「盗賊どもをとっ捕まえたら、一度鎌倉へ行ってみるといいや。なぁんにも覚えていないならよ、生まれ故郷の景色を見るってのも、いいもんだぜ」

「わたしが連れて行きます」

啓太が言うと、おもよは恥ずかしげにうなずいた。

伝吉がそんな二人を見て、今頃気付いたような顔で指差す。

「あれ？　何？　そういうことなの？」

「そういうことだ」

慎吾が伝吉に言い、

「こいつで、松次郎と又介に温けぇもんをもって行ってやりな」

一朱ほど渡してやると、

「いけね。見張りを代わる刻限だ」

伝吉は銭を受け取り、盗人宿に急ごうと勝手口から出ようとした時、戻ってきた松次郎と鉢合わせた。

「兄貴！」

「おう、慎吾の旦那はいなさるな」

「ここにいるぜ」

板の間から慎吾が声をかけると、松次郎が慌てたように入ってきた。

「旦那、盗人宿に仙石からの使いと思われる者が来ました。今夜あたり、来そうですぜ」

「店が休みになるのを待っていやがったな」

「稼がせるだけ稼がせて、ごっそり持っていこうって寸法ですか」

「おい伝吉」

慎吾が口に気をつけろという目顔で首を横に振って見せると、久八が近くにいたことにはっとした伝吉が詫びた。

「こりゃどうも。口が悪うございました」

久八は笑顔で首を振る。

慎吾が松次郎に訊く。

「何人潜んでいる」

「出入りは二十前後ですが、寝泊まりしてるのは十人ほどで」

「おそらく、そ奴らが笹山の一味だな。動くとなると、店に見張りがついているかもしれぬ。ここに入るところを見られているかもしれぬので、一旦出て、夜まで浜屋で休んでてくれ」

「いえ、又介のところに戻りやす」

「そうか。それじゃ、温かいもんでも買って行くといい。伝吉、さっきの銭を渡してやんな」

「はい」

一朱を受け取った松次郎は、裏の木戸から路地に出る時、

「またお願いします」

いかにも商売で来たように声を張りあげて言い、走り去った。

五六蔵が言う。

「十人ですか。こりゃぁ、大捕物ですね」

渋い顔をしているが、声には気迫が満ちている。

慎吾は、久八たちに顔を向けた。

おもよは目を伏せ、久八親子は顔を真っ青にして脅えている。

慎吾は下を向いて考えた。そしてひらめき、顔を上げる。

「どうだい久八。これから三人で出かけるってのは」

「え？」

久八は戸惑っている。

慎吾が言う。

「賊がいつ押し込むかわからぬのに、ここまでよぉっく辛抱してくれたな。後はお

れたちで片付けるから、品川にでも行って、ゆっくりしてきなよ」

「品川ですか……」

戸惑う久八に、啓太が言う。

「気になる料理屋があるから、行きましょう」

久八は啓太に顔を向けた。

「前に言っていた、料理が評判だという松前屋《まつまえや》のことか」

「そうです。あそこなら、泊まることもできますし、行きましょう」

啓太は、おもよを危ない目に遭わせたくないのだ。

懇願されて、久八は慎吾に申しわけなさそうに問う。

「ほんとうに、よろしいので」

「いいとも。こちらもそのほうがやりやすい。舟を使えば、楽に行けるだろう」

久八は、表情を明るくしてうなずいた。

「ではそうさせていただきます。おもよ、いいね」

おもよは遠慮がちに、はいと答えた。

久八は神妙に頭を下げる。

「では、支度をしてまいります」

「急いだら、日暮れまでには着けるぜ」

五六蔵が言い、さりげなく外を見て、目を戻そうとしてまた外へ向けた。

「あの野郎、何やってやがんだ」

五六蔵に合わせて慎吾が外を見ると、伝吉が隣家との板塀を跨《また》いで、戻ろうとしていた。不器用な動きで降りようとして尻餅をつき、腰を押さえて唸っている。

走らせたら韋駄天《いだてん》のごとくだが、どうも、高いところが苦手らしい。

ほうほうの体《てい》で戻るや、

「だ、旦那、旦那の睨んだとおり、表と裏に見張りがいますぜ」

顔を歪めて言う。

見張りの目を誤魔化すために、隣の家に頼んで、塀を越えて戻ったのだ。

「作彦、中二階から表を見張れ」

「はい」

板の間に座っていた作彦が、すぐさま段梯子《だんばしご》に走った。

慎吾が伝吉に目を戻す。

「見張りは何人だ」

「人相が悪いのが、一人ずつです」

五六蔵が口を挟む。

「旦那、どうしやす」

「おそらくおもよを見張っているんだろう。後を追われたらまずい」

慎吾はしばらく考えていたが、ふと、名案を思い付いた。

「いい手がある」

程なく、久八たちが出てきた。

「支度が整いました」

久八親子は灰色の半合羽に菅笠《すげがさ》を被《かぶ》り、啓太が葛籠《つづら》を背負っている。

おもよは、久八の女房が使っていたという菅笠と、生地のよさそうな、白い衣を着けていた。

「うわぁ……」

伝吉が感心したように言う。

「やっぱり観音様だ。いや、天女か」

おもよが恥ずかしがり、啓太の後ろに隠れた。

「旦那、だ・ん・な！」

五六蔵に呼ばれて我に返った慎吾がおもよから目を転じると、五六蔵が呆《あき》れたように首を振った。

「いい手とは、なんです」

「お、おお、そうだった。伝吉、もういっぺんな、隣へ乗り越えて行って、こう頼んでくれ」

慎吾が手筈を言うと、

「なぁるほど。わかりやした」

納得した伝吉が板塀を乗り越えて、今度は向こう側に落ちた。

黙って待っていると、隣家から梯子が掛けられた。伝吉が顔を覗かせ、腕で丸を作って見せたので、こちらからも梯子を掛けた。

慎吾が考えた名案とは、隣家に横付けした駕籠に乗せて出立させ、永代橋を渡ったところで、久八親子と落ち合う寸法だ。

梯子を登ろうとするおもよに、慎吾が声をかけた。

「おもよ、気をつけて行くんだぜ」

深々と頭を下げたおもよは、潤んだ目を上げると梯子を登り、また頭を下げる。

戻ってくる頃には、啓太との絆《きずな》を深めていることだろうと思うと、ため息が出そうになる慎吾であるが、満面の笑みで送り出してやった。

慎吾の気持ちを知る由もないおもよは、笑顔を残して、向こう側に下りて行った。

久八が言う。

「では、わたしたちも発《た》ちます」

「おう。外に出たら、振り向かずに行くんだぜ」

「はい。戻りましたらたっぷりと御礼をさせていただきますので、どうか、よろしくお願い申し上げます」

「お上のお勤めに礼などいらんよ。それにな、店を使わしてもらうんだ。礼をするのはこっちの方だぜ」

「はは、相変わらずですな」

久八が笑って頭を下げ、裏から出ていった。後に続く啓太に、おもよを頼むと言い、二人を送り出した慎吾は、少しだけ戸を開け、外の様子をうかがった。

旅姿の久八親子が出かけるのを見ていた男が、ふらりと道に出て後を追うと、浜通りに出たところで表の仲間に合図を送り、親子とは反対に駆けて行った。

「表の見張りも、どこかへ走り去りました」

中二階から、作彦が降りてきた。

「いよいよ来るぜ。伝吉、奉行所に知らせろ」

「がってんだ」

伝吉は裏から駆け出た。

二

小梅村の寮では、帰ってきた見張りの知らせを聞き、盗賊一味が静まり返っていた。

手下の一人、代々木《よよぎ》の溜造《りゅうぞう》が、押し込みの指示が出ぬことで不機嫌になり、二代目笹山の闇僧に詰め寄った。

「おかしら、やるんですかい。それともあきらめるんですかい」

「慌てるんじゃねぇ」

闇僧に睨まれて、溜造は舌打ちをすると、徳利をつかんで酒をがぶ飲みした。左の頬の傷痕が、溜造の表情に凄《すご》みを増しているのだが、本人は、傷を見るたびに忌々《いまいま》しく思うのである。

今を去ること十年前。

初代笹山の闇僧の下で盗みの手伝いをしていた溜造は、分け前を博打《ばくち》で使い果たしてしまい、闇僧が定めていた掟《おきて》を破った。金ほしさに、一人働きの盗みをしたのだ。しかも、人を殺《あや》め、火をかけた。

押し入った先は、神田の鍵職人、菱屋仙四郎《ひしやせんしろう》の店である。

金を手にいれた溜造は、毎夜のように、博打場に通い詰めた。

闇の世界は横の繋がりも広く、代々木の溜造が大金をすったことは、たちまちのうちに闇僧の耳にも入った。

幸い、奉行所は失火と断定したので探索の手は伸びなかったが、闇僧はすぐに、次の仕事をすると嘘の命令を出した。呼び出しに応じて、のこのこと現れた溜造を縛り上げ、刃物を突きつけて白状させた。

盗みの場では殺さず犯さずの闇僧だが、手下の不始末には、容赦しない。白状した溜造を、その場で突き殺そうとしたのを、二代目闇僧が止めたのである。命は取らなかったものの、初代闇僧は、二度と盗みができぬよう、顔を切りつけた。人目を引く人相になれば、迂闊《うかつ》に盗みができぬというわけだ。その上で、追放したのである。

闇僧を恐れ、江戸から逃げた溜造であるが、初代がこの世を去り、自分を助けてくれた男が二代目を継いだのを風の噂に聞き、江戸に舞い戻ったのだ。

「おかしら、あんたに命を助けてもらった恩は忘れちゃいねぇが、これまで一万両もの大金を稼いだのは、おれの働きのおかげだってことも、忘れてもらっちゃ困りますぜ。最後の大仕事を残したままじゃ、年も越せねぇや」

「わかってらぁな、代々木の。だがな、どぉも、やな予感がしてならねぇ。おい、店の者がいないってのは、ほんとうだろうな」

手下の一人を睨むと、その者は言う。

「へい、先ほど言いましたとおり、店の者は暇をもらって里へ発ちましたし、あるじ親子も、旅装束で出かけていきやしたのを、この目で見ておりやす」

「中の様子を、探ったんだろうな」

「へ、へい。もちろんで」

「周囲に、役人が隠れている様子もねえのだな」

「ございやせんとも」

闇僧は顎《あご》をつまんで考えた。

「ということは、おもよが一人で留守番をしているのか」

溜造がいやらしそうな笑みを浮かべて言う。

「かしら、こいつはおもよが、店の者を助けたくて逃がしたのかもしれやせんぜ。帰るところがないのだから、留守番を買って出るふりをして」

それを聞いて、これまで黙っていた浪人の杉原が口を挟んだ。

「あの娘ならあり得るかもな。かしら、この機を逃す手はないぞ」

杉原は、刀を肩に掛けて柱に背中を付け、片膝を立てている。一見すると隙だらけなのだが、近寄りがたい気を放ち、口答えを許さぬ気迫がみなぎっていた。

「せ、先生がそうおっしゃるなら……」

闇僧は、溜造と手下たちに顔を向けた。

「暗くなるのを待って出かける。野郎ども、支度しろ」

応じた手下どもは騒がず、黙然と腹ごしらえをはじめた。そして日が暮れると、ばらばらに出かけていった。

閻僧と溜造は、あらかじめ用意していた荷物を舟に載せ、ゆっくりと、静かに漕《こ》ぎだした。

商人風の身なりの閻僧が座る舟は、舳先にちょうちんをぶら下げ、頰被りをした溜造が竹棹《たけざお》を使って舟を操っている。

横川を南にくだる姿は、さしずめ、大店の若旦那が夜の深川へ遊興に出かけるかのようであった。

夜道を歩く者は見向きもせぬし、荷を運ぶ舟の船頭とて、どこにでもある景色に興味をもたぬ。

閻僧の演技も板に付いたもので、いざ盗みをすると決めたら腹が据わったのか、小唄《こうた》などを歌い楽しげだ。

舟は石島町《いしじまちょう》に架かる大栄橋《だいえいばし》を潜ると、右に折れて仙台堀を大川の方へ向かった。

長門《ながと》萩《はぎ》藩の屋敷の長い土塀を左手に見つつ進み、角を左に折れて二十間《にじっけん》川に入った。

このあたりに来ると、南から川面《かわも》を舐《な》める風に乗り、潮の香りがしてくる。

富岡八幡宮《とみがおかはちまんぐう》前の船着場を横切り、松元にほど近い場所に繋いである漁師舟の中に紛れ込んだ。

朝が早い漁師たちは舟におらず、陸に人気も少ない。

溜造が堂々とした様子で舟を舫《もや》うと、竹を組んだだけの粗末な足場を上がり、古びた町家の中に入った。

この家は、初代闇僧が残した盗人宿だ。普段は座頭《ざとう》の男が一人で暮らしているのだが、家主と使用人が一晩泊まると言いつけてあるため、今夜は座頭仲間の所へ出かけている。

闇僧が居間に入ると、先に出ていた手下どもが、集結を終えていた。

酒と男の臭気でむせかえる部屋に詰めるのは初代闇僧から続く手下であるが、血を嫌う者は次々と行方をくらまし、残っているのは十名。

分け前を考えると、二代目にとっては、丁度よいと思える人数であった。

囲炉裏の前に座った闇僧は、手下が用意した道具袋を手に取り、巻物のように転がして開いた。

ずらりと並ぶ道具は、初代闇僧から貰《もら》い受けた物で、これさえあれば、外せぬ錠前はない。ただ、初代闇僧直伝の、錠前破りの技があっての道具であることは、言うまでもない。

黒装束に着替え、道具を懐に納めた闇僧は、囲炉裏の周りに集まる一味を見回した。

「いいかみんな。今日限り、江戸での盗みはしまいだ。今宵《こよい》松元には、おもよしかいない。最後くらいは初代の掟に従って、綺麗な盗みをしてのけようじゃないか」

年が明ければ四十になる手下が言う。

「松元には、大名もほしがる器があると聞きました。どんなお宝を拝めるのか、楽しみですぜ」

闇僧は薄笑いで応じた。

「銭を除いては、おれたちが好きにしていいことになっている。大坂あたりへ持って行けば、高く売れるだろうぜ」

「ほほ、そいつはいいや」

「かしら、そろそろですぜ」

溜造が言うのにうなずき、

「おう。みんな盃を持ってくれ」

闇僧と手下どもは、仕事前の盃を交わした。

三

丑《うし》の刻ともなれば、深川といえども眠りの中にある。

月も星もない暗闇の中、浜通りに出た闇僧たちは静かに走りはじめた。

松元の店先に潜むと、手下の一人が、固く閉ざされた戸に顔を近づけて中の様子をうかがう。他の者は、周囲に目を配って警戒する。

中をうかがっていた手下が、物音一つしない、という目顔で闇僧にうなずく。

応じた闇僧がさっと手を振って走り、店の裏に回った。

手下が木戸の前で背を返すと、手を組んで身をかがめた。小柄な手下が走り、組まれた手に足を掛けるやいなや宙に投げ上げられ、軽業師のごとき身のこなしで塀を越えた。

木戸の奥でことりと音がし、内側に引き開けられた。

闇僧を先頭に、盗っ人一味が素早く中に入り、庭を駆けて雨戸の前に殺到した。

おもよが描いた絵図は、闇僧の頭の中にある。目の前の雨戸を外し、廊下を右に左に曲がって真っ直ぐ奥に行き、畳の廊下を進めば、お宝が眠る蔵だ。

闇僧は無言で、一枚の雨戸を指差した。

手下が腰から竹筒を取り、栓を抜いて油を流していく。滑りをよくしたところで、別の手下が鉄のへらを雨戸の下に差し入れ、上にこじって引き外した。

手下の一人が忍び込んだその時、

「おわ！」

奇妙な声をあげたかと思えば、くるりと向きを変えて、下にいる仲間の上に倒れ込んだ。

辛うじて受け止めた者たちが、仲間が気を失っているのにぎょっとし、闇の廊下に目を上げた。

龕灯《がんとう》を向けられた手下たちが眩《まぶ》しさに目を細めたところへ、慎吾が大声を張り上げた。

「そこまでだ！　笹山の閻僧！」

「だ、誰だ！」

慎吾は十手を突きつける。

「北町奉行所だ。大人しく縛につけ！」

閻僧は舌打ちした。

「ちくしょう、やっぱり居やがったか」

「ほぉう、薄々感づいていながら来るとは、いい度胸をしてるじゃねぇか」

慎吾が言うと五六蔵たちが庭に下りて、十手を構えた。

作彦が閻僧に龕灯を向け、伝吉、松次郎、又介の三人が、賊を逃がすまいと睨みつける。

閻僧が長脇差《ながどす》を引き抜くのを見た慎吾が怒鳴る。

「手向かうと容赦せぬぞ！」

「笑わせるない！　たったそれだけの人数で勝てると思ってやがるのか。捕れるもんなら、捕ってみやがれ！」

手下たちも一斉に長脇差を抜き、腰を落として構えると、じりじりと間合いを詰めてきた。

慎吾は油断なく目を配り、十手を構えている。

この隙に、浪人杉原が後ずさりし、背を返して裏口の逃げ道を開けようとした。

そこへ、外がにわかに騒がしくなり、板塀の上に御用ちょうちんが掲げられた。

「御用だ！」

「御用だ、御用だ！」

外で捕り方の声がし、木戸から慎吾の仲間たちがなだれ込んできた。

杉原はさっと飛びすさり、賊どもの中に身を紛れ込ませた。

陣笠《じんがさ》を被った松島が、差配十手をそれっと振り、鎖帷子《くさりかたびら》と鉢巻、籠手《こて》、臑当《すねあて》の防具を着けた同心四名が前に出る。

「野郎ぉ！」

闇僧が長脇差の柄《つか》にぺっと唾を吐いてにぎりなおすと、手下に叫ぶ。

「やっちまえ！」

「おう！」

逆上した賊どもが、一斉にかかる。

すぐさま敵味方入り乱れ、大捕物がはじまった。

賊の一人が、気合をかけて慎吾に斬りかかってきた。

慎吾は素早く刃《やいば》をかわし、十手で頭を打つ。

「うっ」

目を上に向けて白目をむいた賊が、棒が倒れるように仰向けになる。

乱闘の中、賊が次々と捕らえられていく一方で、苦戦する捕り方たちがいた。

浪人杉原を捕らえようとした小者が斬られ、同心二人が刀を抜いて対峙《たいじ》したものの、凄《すさ》まじい剣気に押され、一歩も動けないでいる。

「どうした。来ぬなら、こちらからまいるぞ」

杉原が正眼に構えて言い、一歩前に出たのに釣られた同心たちが、一斉に打って出た。

杉原は刀をぱっぱっと返し、左右から打ち下ろされた刀を弾《はじ》きのけて突き進む。

「うう」

「むうぅ」

同心たちのあいだを突き抜けた時、二人は同時に振り向いた。そこへ、杉原の返す刀が煌《きら》めき、隙をつかれて腕を斬られた。

「うっ」

「あっ」

二人の同心の腕は切断されてはいないが、かなりの深手を負ったらしく、痛みに呻いている。

杉原は、勝負あったと言わんばかりに見向きもせず、次の敵を求めて前に出た。

狙うは、町方ではない。

町方との戦いに向かう黒装束のあいだを疾風《はやて》のごとく駆け抜けるや、盗賊たちが雷に打たれたように背をのけ反らせ、断末魔の悲鳴をあげて倒れた。

そのあいだに、町方の捕り手も数名傷つけ、頰に傷のある男に斬りかかった。

代々木の溜造は、辛うじて刃を受け流したものの、凄まじき剣に尻餅をついた。

「や、野郎、何しやがる」

杉原は答えることなく、冷徹な目で刀を振り下ろした。

きつく目を閉じる溜造の前で鋼がかち合う音がした。目を開けた溜造は、目の前で白刃が止められているのを見て恐怖に口を開け、足をばたばたさせて下がった。

周りを見た溜造が、立ち上がって店の中へ逃げ込もうとしたところへ、又介が縄を打ち、見る間に縛り上げた。

「旦那、残るはそいつだけです」

「おう」

答えた慎吾は、斬りかかった杉原の刀を弾き返すと間合いを空け、脇構えで対峙した。

「賊どもの口を封じようって寸法だろうが、そうはさせねぇぜ」

「むっ」

「てめぇ、浪人のなりをしているが、ほんとのところは仙石の家来だろう」

「答える義理はない」

「ほぉう、厳しいお調べのほうが好きということか」

「町方風情が、それがしを捕らえると申すか」

「おう」

「ふん、片腹痛い」

下段から正眼に構えを変えた杉原は、眼光を鋭くした。

松島をはじめとする捕り方たちは、ぶつかり合う二人の気迫に押されて、身動きができないでいる。

慎吾とて、皆と同じ。

杉原の切っ先から伝わる凄まじいまでの剣気によって、相手の身体が倍の大きさに見え、眉間がむずむずし、背筋がざわついた。

先に動けば斬られる。

慎吾はごくりと、空唾を飲み込んだ。こめかみに汗が流れ、頬を伝って落ちる。

強い風が顔をなで、思わず瞬きをした。

その一瞬の隙を逃さぬ杉原が動いた。

すっと足を運んで剣先を僅かに上げ、幹竹割《からたけわ》りで迫ると見せかけて横に一閃《いっせん》した。

慎吾は誘いに惑わされず太刀筋を見抜き、脇構えのまま飛びすさってかわした。

追って出た杉原の二の太刀が、慎吾の腹を狙って下から迫る。

刀で刃を止めた慎吾は肩と肩をぶつけて相手の目を睨みつけ、押し返す。

飛び離れた杉原を追いつつ、刀をにぎる両手を左脇に引いて切っ先を相手に向け、

「えい！」

気合をかけて胸を突く。

だが杉原が、目の前から一瞬消えたように見えた。その刹那、突き出した刀をにぎる右の籠手を斬られた。

傷は浅いが、小指が痺《しび》れている。

覚られまいと目に力を込めたが、杉原は薄笑いを浮かべた。その自信に満ちた笑みが、次で決めるという無言の言葉をぶつけているように見える。

「おのれ！」

松島が慎吾を助けようと前に出たが、杉原に切っ先を向けられて息を呑み、足を止める。

そんな松島を杉原は見もせず、慎吾を見据えている。そして正眼に構えるなり、猛然と迫った。

「むん！」

腹の底から気合をかけ、渾身《こんしん》の一撃を打ち下ろす。

刀を振るわんとする一瞬の隙を待っていた慎吾は、電光のごとく迫る一刀を潜り抜け、すれ違いざまに刀を振るう。

「えい！」

「うわ」

相手の胴を打つ手ごたえはあったが、右手の力が僅かに及ばず、杉原は気絶しない。激痛に顔を歪めながら振り向き、目を見張って刀を振り上げた。

慎吾はすかさず、相手の懐に飛び込んで刀を横に一閃する。

「やぁ！」

刃引きの刀で胸をしたたかに打たれた杉原は、短い呻き声をあげて刀を落とし、胸を押さえて膝から崩れるように突っ伏した。

「それ、縄を打て」

松島が命じると、捕り方たちが杉原を起こして捕縛した。

「慎吾、怪我《けが》は」

「なぁに、たいしたことはないですよ」

慎吾は手拭いを右手に巻きながらそう答え、笑って見せた。

四

怪我を負った同心と捕り方を医者に運び、騒然となっていた松元はようやく静かになった。

捕縛した盗賊どもはすぐには連れて出ず、庭の地べたに座らせている。

松元がある大島町は、四方を川で囲まれているので付いた名であるが、東西南北に一本ずつ架けられた橋は、奉行榊原忠之の命ですべて閉鎖されている。

賊を逃がさぬためでもあるが、真の狙いは、松元の騒動を、島の外に洩《も》らさぬためだ。

笹山の闇僧の盗みを仙石が見張らせているに違いないと睨む榊原が手配したのだが、読みは当たり、橋の閉鎖を知り、盗んだ舟を漕ぎだそうとした男が捕らえられた。

その知らせを持った奉行所の小者が松元に駆け込み、松島に報告した。

「身なりは町人ですが、捕り方二人を倒した様子を見ましても、侍と思われるとのことです」

「うむ。ご苦労であった。引き続き川の見張りを怠らぬように」

「はは」

戻る小者を見送った松島は、庭に座らせている笹山一味の前に立つ。皆がんじがらめに縄で縛られ、舌を嚙《か》み切らぬように猿ぐつわを嚙まされているため、静かなものだ。

松島を見ていた慎吾は、手燭《てしょく》を持って一人ひとりの顔を照らし、頬に傷のある男の前で止まった。

目をそらす男の猿ぐつわを外し、十手を肩に当てて問う。

「おめえを殺そうとしたあの男の名前を教えろ」

離れたところにいる杉原を顎で示すと、溜造は憎々しい顔で言う。

「杉原だ。野郎、とち狂いやがって」

「果たしてそうかな」

「なんだと?」

睨む溜造に、慎吾は真顔で言う。

「奴は正気を失ったのではなく、お前たちの口を封じようとしたのだ」

　溜造が歯ぎしりをした。

「お前たちのかしらは、どいつだ」

　途端に、溜造は歯ぎしりをやめて唇を引き結んだ。

「まあいい。おもしろいことを聞かせてやるから、舌を嚙むなよ。お前たちも聞け」

　慎吾は賊どもを見回し、五六蔵にうなずく。

　応じた五六蔵が賊どもの前に立ち、大声で告げた。

「おめぇたちの後ろに、仙石って名の旗本がいることはわかっている。その仙石はな、おめぇたちが松元から盗んだ金を渡したら、皆殺しにするつもりだったんだぜ」

　鼻で笑う者がいたので、五六蔵はそいつの前にしゃがんだ。

「嘘じゃねぇぞ。現に、お上に囲まれたおめぇたちを、あの男が殺そうとしただろうが。おう、それでも笑っていられるのかい」

　途端に男の顔に怒気が浮かび、杉原を睨んだ。

杉原は目を合わせようともせず、一点を見つめてあぐらをかいている。

溜造が、石灯籠の前に座る男に顔を向けて言う。

「かしら、知っていたのか」

慎吾がその男を見ると、自分はかしらではないという具合に、目を伏せたまま黙っている。

溜造が忖度《そんたく》せずに言う。

「おれたちゃどうせ獄門だ。仙石の野郎一人に、いい思いをさせることはねぇですぜ、おかしら、聞いているんですか」

「黙りやがれ」

しつこく言われて怒った閻僧が、憎々しい顔で怒鳴った。

溜造はふて腐れたように舌打ちをし、

「け、勝手にしやがれ」

捨て台詞《ぜりふ》を吐いて、顔を背けた。

「おい、盗んだ金をどうやって仙石に渡すのだ。答えぬか」

松島が溜造に問うと、また舌打ちをした。

「知らねえや。かしらに訊きな」

「正直に申せば、罰を減ずるよう計らうがどうじゃ」

与力の名をもって、奉行に申し入れると約束したが、溜造は闇僧をちらりと見ただけで、何も言わぬ。

「強情な奴だ」

あきらめたように言う松島が、賊どもを連れて奉行所に引き上げようとするのを、慎吾が引き止めた。

そして、溜造がかしらと呼んだ男の前に行った。

白い目を向けて睨み上げる男の前にしゃがみ、

「盗み取った金は、いくらになる。五千両、いや、それ以上か」

猿ぐつわを噛まされた男が、鼻で笑った。

「よう、二代目闇僧さんよう。人を殺めてまで金を奪ったおめぇは許せねぇが、旗本にいいように使われて、悔しくねぇのかい、ええ」

慎吾はぐいっと胸ぐらをつかみ、引き寄せた。

「おめぇ、仙石が大坂代官になるのを知ってるかい」

小声で教えてやると、闇僧はそれがどうしたと言わんばかりに睨み、すぐに目をそらした。

「二百石の旗本が、大坂代官に大出世だ。こいつはな、よほどのことがねぇと、なれねぇぜ。なんでも、上役に多額の賄賂を渡しているらしいが、おめぇ、分け前はちゃんといただいてるのかい」

慎吾が伝法な口調で言うと、闇僧が睨んできた。

「ここにいる親分の手下がな、仙石の屋敷に忍び込んで話を聞いてるんだ。てめぇらがここで奪った金を渡したら殺すつもりだというのは、嘘じゃねぇぞ。働かせるだけ働かせて、用がすめば殺す。そんな奴をかばって、なんの得があるんだ。えぇ」

すると、闇僧の青い顔に、みるみる血の気が昇ってきた。

慎吾に目を向けるので、しゃべる気になったかと訊くと、こくりと顎を引いた。

猿ぐつわを外させた隙に舌を噛む気ではないかと疑う慎吾は、作彦に筆と帳面を用意させ、右手だけ動かせるようにしてやった。

墨を付けた筆を渡してやると、闇僧はじろりと睨み、帳面に向かった。すらすらと文字を書き込み終えると筆を投げ捨てて、もうどうにでもしやがれ、といった具合にふんぞり返る。

帳面を取り上げた慎吾は、書かれた文面を見てぎょっとした。

「こ、こいつは、ほんとうか」

慎吾は猿ぐつわを引きむしるように外して、閻僧の頬をたたいた。

「どうなんだ、答えろ！」

「自分で確かめるがいいさ。手下どもの罪を軽くしてくださるなら、荷の運び方をお教えしやすぜ」

閻僧はそう言って、にたりと笑った。

突き放した慎吾は、松島に帳面を渡した。

すると、目を通した松島も驚愕《きようがく》し、

「わ、わかった。手下どものことは、御奉行に申し上げる」

闇に潜む真の悪党を退治するために、情報と引き換えに罪を軽くすることを約束した。

五

空が白みはじめた本所には、珍しく霧がかかっていた。

人気のない通りを、ことことと音を立てて、荷車を引く者たちがいる。

揃《そろ》いの羽織袴を着けた者たちは、堂々とした足取りで辻番所の前を通り過ぎ、あたかも旗本が荷物を運んでいるかのごとく、通りを進んでいく。

片番所付きの門前で止まると、すぐに覗き窓が開けられ、番をしている中間が出てきた。

朝露に湿る陣笠を被った男が、眼光を鋭くして告げる。

「殿様に、荷物をお届けにまいった」

門番は、いぶかしげな顔で皆を見回した。

「早くしねぇかい」

急かされた門番が陣笠の男に目を戻し、

「では、お印を」

言いつつ、自分の懐に手を入れた。

出された木札に、陣笠の男が己の木札を向けて合わせる。

ぴたりと合い、梵字《ぼんじ》の一文字が見て取れる。

うなずいた門番が、

「ただ今、門を開けまする」

中に駆け戻り、閂《かんぬき》を外して大門を開けた。

「今回はまた、大きな荷ですな」

案内する中間の言葉を無視して、荷車を直接庭の中に運び入れた。

正面に荷車を止め、陣笠の男と共に、皆片膝をついて頭を下げた。

中間が廊下に上がり、

「殿様、闇僧が荷を届けてまいりました」

遠慮がちに声をかけると、中間は返事を聞かずに門へ戻った。

程なく障子が開けられ、用人の石井が顔を覗かせた。

庭の白洲《しらす》で頭を下げる者どもを見下ろし、中に向かって顎を引く。

荷を待っていたのか、羽織袴に身なりを整えた仙石が現れ、廊下に仁王立ちするや、扇子を引き抜いて者どもに向けた。

「闇僧、遅かったではないか」

「錠前を破るのに、思わぬ手間がかかりましたもので」

「うむ？　声が違うようじゃが、貴様は誰だ」

「あっしは手下です。おかしらは、もうすぐめぇりやす。その前に、荷をお検《あらた》めください」

　仙石が荷を見た。

「此度はちと大きいようじゃが、何を運んでまいったのだ」

「へい。殿様がほしがっていた者でございやす」

　仙石は嬉々《きき》とした顔をする。

「おお、もしや、おもよか」

「松元から盗んだ金も入っております」

「そうかそうか。うん。よし、早く見せよ」

「おい、殿様の荷を解いてさしあげろ」

　陣笠の男の命で、荷車から長持が下ろされ、仙石の足下に運ばれた。

「何をしておる、早う開けぬか」

「はは」

手下が蓋を開けるや、

「あっ！」

がんじがらめに縛られ、猿ぐつわをされた杉原を見た仙石が仰天した。

「なんじゃこれは。貴様ら、何奴だ」

陣笠を投げ、羽織を脱ぎ捨てたのは慎吾だ。腰の十手を引き抜き、仙石に突きつける。

「北町奉行所同心、夏木慎吾だ。おう、仙石、いや、笹山の闇僧の息子忠治。二代目闇僧がすべて白状したぜ。野郎は初代闇僧の手下、くちなしの三吉《さんきち》だとな。お前こそが、真の二代目、笹山の闇僧であろう！」

「なんのことだ。闇僧も、三吉という者も知らぬ」

「往生際の悪い野郎だな。おめえが長持の中身をおもよと思い込んで喜んだのを、ここにいる者たちが見てるのだ。言い逃れはできぬぞ！」

「むっ」

「己の出世のために、手下どもを使って金を集めさせやがって。てめぇのせいで、罪なき者が何人命を落としたと思っていやがる」

「三吉がしたことだ。知ったことか」

「馬鹿野郎！　大泥棒の息子とはいえ、今は天下の禄を食《は》む旗本だ。侍なら侍らしく、いさぎよく縛につけ」

「ふ、ふふふ。こうなっては是非もなし。おのれらを生きてここから出さぬ」

「なんだと！」

「ふん。不浄役人の分際で旗本屋敷に入ることまかりならぬ。成敗してくれる。石井」

「はは！」

用人が屋敷に向き、

「曲者《くせもの》じゃ！　であえ、であえい！」

叫ぶや、十数名の浪人者が出てきた。

仙石が勝ち誇ったように言う。

「闇僧一味を始末させようと雇った者どもが、思わぬ役に立つ。者ども、大坂代官所に奉公したくば、こ奴らを一人残らず切り捨てい！」

「おう！」

浪人どもが一斉に抜刀した。

こうなっては、慎吾たちが不利である。

五六蔵と下っ引きたちが慣れない長脇差を引き抜き、前に出ようとした。

慎吾が両手を広げて止める。

「とっつぁん。みんな、危ねぇから下がってろ」

慎吾は浪人どもを睨みながら十手を帯にねじ込み、刀を抜いた。傷のせいで右手の小指に力が入らぬが、やれるところまでやってやる。

「せぁ！」

斬りかかってきた敵の刀をかわし、刀を小さく振るって籠手を打つ。

鈍い音と共に敵が刀を落とし、だらりと下がった手首を押さえて呻いた。

間髪をいれずに次の敵が迫り、袈裟《けさ》懸《が》けに斬り下げる刀を弾き上げ、返す刀で肩を打つ。

激痛に片膝を突く敵の前から去り、他の者に対峙する。

「囲めい！」

「一斉にかかるぞ」

浪人どもが白洲を蹴散らし、その中の一人が刀を振り上げて迫る。

慎吾はその者の懐へ飛び込み、胴を打つ。

呻いた浪人が悶絶《もんぜつ》するのを見もしない慎吾は、目の前に別の敵が迫るのをかわし、包囲を破ろうとしたが、前を塞がれた。

たまりかねた五六蔵たちが、刀を構えて加勢した。

慎吾は死を覚悟しながらも、負ける気は毛の先ほどもない。

一歩前に出て、敵に突っ込みをかけようとした、その時。

「静まれい！」

「戦いをやめよ！」

庭の入り口に怒号が響き、二人の侍が現れた。

背後から襷《たすき》鉢巻姿の侍たちが流れ込み、うろたえる浪人どもを囲む。

「御奉行」

叫ぶ慎吾に、羽織袴に陣笠を着けた榊原忠之がうなずいて横に並び、うろたえる仙石を睨み据えた。

「ま、町方の分際で、こ、このようなことが許されると……」

「黙れい！」

町方といえども、幕府の要職である奉行を務める忠之の迫力に、仙石が縮みあがった。

忠之の背後から、羽織袴の立派な身なりをした三十代の侍が前に出て、仙石に言う。

「仙石内膳。そのほうの悪行の数々、すでに明白。上様のお耳にも届いておるぞ」

仙石は顔を引きつらせた。

「よって、大坂代官の内定取り消しが決まった。これよりは拙者、目付役川勝広国《かわかつひろくに》が、そのほうを預かる。厳しい沙汰は逃れられぬと覚悟いたせ」

出世の夢が砕け散り、もはや逃れられぬと観念した仙石は、刀を落とし、その場にうずくまった。

「ようやったぞ慎吾」

父忠之が小声で言い、肩をたたいた。

「助かりました」

そう言って頭を下げた慎吾は、五六蔵たちが安堵する顔を見てようやく肩の力を抜き、大きな息を吐いて刀を納めた。

六

「痛て、痛てて」

「もう、じっとしていなさい」

華山《かざん》が慎吾の手をつかんで台に戻した。

慎吾の右手の傷は思ったより深く、年が明けても痛みが取れなかった。

「お正月だというのに診てあげてるんだから、何かおごりなさいよ」

「おう、今度な」

慎吾の手を押さえた華山が、傷に化膿《かのう》止めの粉薬を掛けながら言う。

「大手柄だったらしいわね」

「うん？」

「五六蔵親分さんから聞いたのよ。大立ち回りだったって」

「まあ、な」

「でも、盗賊の息子が旗本の養子になっていたなんて、驚きね」

「天下の旗本といえども、中には世継に困ったり、暮らしに困る者もいる。仙石家は、金に困っていたそうだ。初代笹山の闇僧はそこに目をつけ、大金を持たせて養子に入れたというわけだ。天下に名を知らしめた大泥棒も、倅にはまっとうな暮らしをさせたかったのだろうが、倅は出世のための金を集めるのに、父親の手下を使って盗みを働かせていた」

「それで、捕まった人たちはどうなるの」

「仙石の正体を白状したため罪を減じられ、一人残らず島送りだ。気になるのは、おもよを松元に紹介した口入屋のあるじだ。奴も仲間だと一味の者が白状したが、口入屋は二代目の仕事が気に入らないと言って、姿をくらましている」

「それじゃ、またどこかの盗っ人一味に加わっているかもしれないってこと?」

「一味に罰がくだったのを知って、足を洗ってくれるといいんだがな」

「旗本になっていた息子も、厳しく罰せられるの?」

慎吾はうなずいた。

「公方様のお怒りを買って、切腹どころか、打ち首になったそうだ。血の繋がりがない娘のほうが、親孝行をしたというわけだ」

「そう」

華山が顔を上げてはっとした。

「泣いてるの？」

「馬鹿やろ。あくびをしたんだよ」

するとと作彦が口を挟んできた。

「旦那様、またおもよちゃんのことを思い出していたのでは？」

「作彦、去年のことをいつまでも言うもんじゃぁねぇぞ」

「去年って、まだ七日も経っちゃいませんよ」

「あら、なんのこと？」

興味を示す華山に、作彦が言う。

「笹山の闇僧一味のことでは大手柄を挙げなさいましたがね、好いた娘の嫁入りが正式に決まったんで、元気がお出にならないのです」

「ふぅん。好きな娘ね。まあ確かに、おもよちゃんは器量よしで、優しいから」

　慎吾はきょとんとした。

「よく知ってるな」

「こう見えても、あたしは松元の常連なのよ」

「げぇ」

　華山は眉間に皺を寄せた。

「何よ、げぇって」

「いや、なんでも」

「そうだ。今日のお礼は、松元のお料理がいいわ。うん、そうしよう」

「おい、何を勝手に——」

　傷口をつつかれて、慎吾は悲鳴をあげた。

「おかしいわね。こうかしら」

「やめろ、いっ！」

「何？　行くって言ったの今」

「い、行きます。お連れします」

「そう。それじゃ、今から行きましょうか。あ、こら、どこに行くのよ八丁堀、まだ治療終わってないのよ、待ちなさい！」

懐が寂しい慎吾は、

「いつかな」

と言って、振り向きもせず出ていった。

華山は仁王立ちした。

「あの野郎」

小学館文庫
好評既刊

春風同心十手日記〈一〉

佐々木裕一

ISBN978-4-09-406843-6

定町廻り同心の夏木慎吾が殺しのあったという深川の長屋に出張ってみると、包丁で心臓を刺されたままの竹三が土間で冷たくなっていた。近くに女物の匂い袋が落ちていたところを見ると、一月前に家を出ていった女房おくにの仕業らしい。竹三は酒癖が悪く、毎晩飲んでは、暴力をふるっていたらしいのだ。岡っ引きの五六蔵や女医の華山らに助けを借りて探索をはじめた慎吾だったが、すぐに手詰まってしまい……。頭を抱えて帰宅した慎吾の前に、なんと北町奉行の榊原忠之が現れた⁉　しかも、娘の静香まで連れているのは、一体なぜ？　王道の捕物帳、シリーズ第１弾！

春風同心十手日記〈二〉
黒い染み

佐々木裕一

ISBN978-4-09-406867-2

定町廻り同心の夏木慎吾は、亡骸《なきがら》にしがみつき、嗚咽しているお百合に胸を痛めていた。殺されたのは、三日前に祝言を挙げるはずだった、油問屋西原屋の跡取り息子の清太郎。首を絞められ、大川に突き落とされたらしい。泣き止んだお百合がふいに訴えた。「あたし、下手人を知っています」。思いもよらない言葉に、慎吾と岡っ引きの五六蔵は驚いた。お百合は、以前から不審な男に付きまとわれていたというのだ。すると、その男がお百合を想うあまり、邪魔な清太郎を殺したというのか——。まずは、女医の国元華山に検屍を頼んだ慎吾だったが……。人気絶好調の捕物活劇第２弾。

小学館文庫
好評既刊

孫むすめ捕物帳 かざり飴

伊藤尋也

ISBN978-4-09-407073-6

奉行所の老同心・沖田柄十郎《へいじゅうろう》は、人呼んで窓際同心。同僚に侮《あなど》られているが、可愛い盛りの孫、とらとくまのふたりが自慢。十二歳のとらは滅法強い剣術遣いで、九歳のくまは蘭語に堪能。ふたりの孫を甘やかすのが生き甲斐だ。今日も沖田は飴をご馳走しようとふたりを連れて、馴染みの飴細工屋までやって来ると、最近新参の商売敵に客を取られていると愚痴をこぼされた。励まして別れたはいいが、翌朝、飴細工売りが殺されたとの報せが。とらとくまは、奉行所で厄介者扱いされているじいじ様に手柄を立てさせてやりたいと、なんと岡っ引きになると言い出した!?

小学館文庫
好評既刊

勘定侍 柳生真剣勝負〈一〉 召喚

上田秀人

ISBN978-4-09-406743-9

大坂一と言われる唐物問屋淡海《おうみ》屋の孫・一夜は、突然現れた柳生家の者に御家を救えと、無理やり召し出された。ことは、惣《そう》目《め》付《つけ》の柳生宗矩《むねのり》が老中・堀田加《か》賀守《がのかみ》より伝えられた、四千石の加増にはじまる。本禄と合わせて一万石、晴れて大名となった柳生家。が、大名を監察する惣目付が大名になっては都合が悪い。案の定、宗矩は役目を解かれ、監察される側に立たされてしまう。惣目付時代に買った恨みから、難癖をつけられぬよう宗矩が考えた秘策が一夜だったのだ。しかしなぜ召し出すのが商人なのか？　廻国中の柳生十兵衛も呼び戻されて。風雲急を告げる第１弾！

小学館文庫
好評既刊

親子鷹十手日和

小津恭介

ISBN978-4-09-407036-1

かつて詰碁同心と呼ばれた谷岡祥兵衛は、いまでは妻の紫乃とふたりで隠居に暮らす身だ。食いしん坊同士で意気投合、夫婦になってから幾年月。健康に生まれ、馬鹿正直に育った息子の誠四郎に家督を譲り、気の利いた美しい春霞《はるか》を嫁に迎え、気楽な余生を過ごしている。今日も近所の子たちに玩具《おもちゃ》を作ってやっていると、誠四郎がやって来た。駒込で旅道具を商う笠の屋の主・弥平が殺されたというのだ。亡骸《なきがら》の腹に突き立っていたのは剪定鋏《せんていばさみ》。そして盗まれたのは、たったの一両。抽斗《ひきだし》には、まだ十九両も残っているのだが……。不可解な事件に父子で立ち向かう捕物帖。

小学館文庫
好評既刊

付添い屋・六平太
龍の巻　留め女

金子成人

ISBN978-4-09-406057-7

時は江戸・文政年間。秋月六平太は、信州十河藩の供番（駕籠を守るボディガード）を勤めていたが、十年前、藩の権力抗争に巻き込まれ、お役御免となり浪人となった。いまは裕福な商家の子女の芝居見物や行楽の付添い屋をして糊口をしのぐ日々だ。血のつながらない妹・佐和は、六平太の再仕官を夢見て、浅草元鳥越の自宅を守りながら、裁縫仕事で家計を支えている。相惚れで髪結いのおりきが住む音羽と元鳥越を行き来する六平太だが、付添い先で出会う武家の横暴や女を食い物にする悪党は許さない。立身流兵法が一閃、江戸の悪を斬る。時代劇の超大物脚本家、小説デビュー！

死ぬがよく候〈一〉月

坂岡 真

ISBN978-4-09-406644-9

さる由縁《ゆえん》で旅に出た伊坂八郎兵衛は、京の都で命尽きかけていた。「南町の虎」と恐れられた元隠密廻り同心も、さすがに空腹と風雪には耐え切れず、ついに破《や》れ寺《でら》を頼り、草鞋《わらじ》を脱いだ。冷えた粗菜にありついたまではよかったが、胡散臭《うさんくさ》い住職に恩を着せられ、盗まれた本尊を奪い返さねばならぬ羽目に。自棄《やけ》になって島原の廓《くるわ》に繰り出すと、なんと江戸で別れた許嫁《いいなずけ》と瓜二つの、葛葉《くずのは》なる端女郎《はしじょろう》が。一夜の情を交わした翌朝、盗人どもを両断すべく、一条戻橋《いちじょうもどりばし》へ向かった八郎兵衛を待ち受けていたのは……。立身《たつみ》流の秘剣・豪撃《こわうち》が悪党を乱れ斬る、剣豪放浪記第１弾！

小学館文庫
好評既刊

人情江戸飛脚
月踊り

坂岡真

ISBN978-4-09-407118-4

どぶ鼠の伝次は余所様《よそさま》の隠し事を探る商売、影聞きで食べている。その伝次、飛脚を商う兎屋の主で、奇妙な髷《まげ》に傾《かぶ》いた着物をまとう粋人の浮世之介にお呼ばれされた。瀟洒《しょうしゃ》な棲家《すみか》狢亭《むじなてい》に上がると、筆と硯《すずり》を扱う老舗大店の隠居・善左衛門が――。倅の嫁おすまに悪い虫がついたらしく、内々に調べてほしいという。「首尾よく間男と縁を切らせたら、手切れ金の一割、千両なら百両を払う」と約束する隠居に、生唾を飲み込む伝次。ところが、思わぬ流れとなり、邪な渦に呑み込まれ……。風変わりで謎の多い浮世之介とともに弱きを救い、悪に鉄槌《てつつい》を下す、痛快無比の第１弾！

小学館文庫
好評既刊

駆け込み船宿帖 ぬくもり湯やっこ

澤見 彰

ISBN978-4-09-406799-6

江戸深川に建つ、小さな船宿山谷屋の女主・志津は、亡き父の跡を継ぎ、大叔父の捨蔵と宿を営んでいる。ある日、船頭の百助《ひゃくすけ》が、川面《かわも》に浮かんでいた若い女を担ぎ込んできた。生気を取り戻した女は小声で呟く。復讐してやる——。おみねと名乗る女に何があったのか？　志津と捨蔵、百助は、手をかけた料理と絞った知恵で、おみねを絶望の淵から救おうと奔走する。三人をよく知る同心の後藤多一郎からの助太刀も得たが、予期せぬ困難が訪れてしまい……。辛い過去を持つ客を癒し、新しい人生への旅立ちを手伝う、温かい船宿の人々を描く、ぬくもりと感動の連作時代小説。

小学館文庫
好評既刊

姉上は麗しの名医

馳月基矢

ISBN978-4-09-406761-3

老師範の代わりに、少年たちへ剣を指南している瓜生清太郎は稽古の後、小間物問屋の息子・直二から「最近、犬がたくさん死んでる。たぶん毒を食べさせられた」と耳にする。一方、定廻り同心の藤代彦馬がいま携わっているのは、医者が毒を誤飲した死亡事件。その経緯から不審を覚えた彦馬は、腕の立つ女医者の真澄に知恵を借りるべく、清太郎の家にやって来た。真澄は、清太郎自慢の姉なのだ。薬絡みの事件に、「わたしも力になりたい」と、周りの制止も聞かず、ひとりで探索に乗り出す真澄。しかし、行方不明になって……。あぶない相棒が江戸の町で大暴れする！

小学館文庫
好評既刊

浄瑠璃長屋春秋記 照り柿

藤原緋沙子

ISBN978-4-09-406744-6

三年前に失踪した妻・志野を探すため、弟の万之助に家督を譲り、陸奥国平山藩から江戸へ出てきた青柳新八郎。今では浪人となって、独りで住む裏店に『よろず相談承り』の看板をさげ、見過ぎ世過ぎをしている。今日も米櫃《こめびつ》の底に残るわずかな米を見て、溜め息を吐いていると、ガマの油売り・八雲多聞がやって来た。地回りに難癖をつけられていたところを救ってもらった縁で、評判の巫女占い師・おれんの用心棒仕事を紹介するという。なんでも、占いに欠かせぬ亀を盗まれたうえ、脅しの文まで投げ入れられたらしい。悲喜こもごもの人間模様が織りなす、珠玉の第１弾。

――本書のプロフィール――

本書は、二〇一一年十二月徳間文庫から刊行された『春風同心家族日記　乙女の夢』を改題、改稿したものです。

小学館文庫

春風《はるかぜ》同心《どうしん》十手《じって》日記《にっき》〈三〉
悪党《あくとう》の娘《むすめ》

著者　佐々木裕一《ささきゆういち》

二〇二二年六月十二日　初版第一刷発行

発行人　石川和男
発行所　株式会社 小学館
〒一〇一-八〇〇一
東京都千代田区一ッ橋二-三-一
電話　編集〇三-三二三〇-五九五九
　　　販売〇三-五二八一-三五五五
印刷所———中央精版印刷株式会社

この文庫の詳しい内容はインターネットで24時間ご覧になれます。
小学館公式ホームページ　https://www.shogakukan.co.jp

ISBN978-4-09-407047-7